大活字本

# は猫である

1

夏目漱石



ぺんで舎
Silver
シルバー文庫

# 一

吾輩は猫である。名前はまだ無い。

どこで生れたかとんと見当がつかぬ。何でも薄暗いじめじめした所でニャーニャー泣いていた事だけは記憶している。吾輩はここで始めて人間というものを見た。しかもあとで聞くとそれは書生という人間中で一番獰悪（どうあく）な種族であったそうだ。この書生というのは時々我々を捕えて煮て食うという話である。しかしその当時は何という考もなかったから別段恐しいとも思わなかった。ただ彼の掌に載せられてスーと持ち上げられた時何だかフワフワした感じがあったばかりである。掌の上で少し落ちついて書生の顔を見たのがいわゆる人間というものの見始（みはじめ）であろう。この時妙なものだと思った感じが今でも残っている。第一毛をもって装飾されべきはずの顔がつるつるしてまるで薬缶だ。その後猫にもだいぶ逢ったがこんな片輪には一度も出会わした事がない。のみならず顔の真中があまりに突起している。そうしてその穴の中から時々ぷうぷうと煙を吹く。どうも咽（む）せぽくて実に弱った。これが人間の飲む煙草というものである事はようやくこの頃知った。

　この書生の掌の裏（うち）でしばらくはよい心持に坐っておったが、しばらくすると非常な速力で運転し始めた。書生が動くのか自分だけが動くのか分らないが無暗に眼が廻る。胸が悪くなる。到底助からないと思っていると、どさりと音がして眼から火が出た。それまでは記憶しているがあとは何の事やらいくら考え出そうとしても分らない。

　ふと気が付いて見ると書生はいない。たくさんおった兄弟が一疋（ぴき）も見えぬ。肝心の母親さえ姿を隠してしまった。その上今までの所とは違って無暗に明るい。眼を明いていられぬくらいだ。

はてな何でも容子がおかしいと、のそのそ這い出して見ると非常に痛い。吾輩は藁の上から急に笹原の中へ棄てられたのである。

ようやくの思いで笹原を這い出すと向うに大きな池がある。吾輩は池の前に坐ってどうしたらよかろうと考えて見た。別にこれという分別も出ない。しばらくして泣いたら書生がまた迎に来てくれるかと考え付いた。ニャー、ニャーと試みにやって見たが誰も来ない。そのうち池の上をさらさらと風が渡って日が暮れかかる。腹が非常に減って来た。泣きたくても声が出ない。仕方がない、何でもよいから食物のある所まであるこうと決心をしてそろりそろりと池を左りに廻り始めた。どうも非常に苦しい。そこを我慢して無理やりに這って行くとようやくの事で何となく人間臭い所へ出た。ここへ這入ったら、どうにかなると思って竹垣の崩れた穴から、とある邸内にもぐり込んだ。縁は不思議なもので、もしこの竹垣が破れていなかったなら、吾輩はついに路傍に餓死したかも知れんのである。一樹の蔭とはよく云ったものだ。この垣根の穴は今日に至るまで吾輩が隣家の三毛を訪問する時の通路になっている。さて邸へは忍び込んだもののこれから先どうして善いか分らない。そのうちに暗くなる、腹は減る、寒さは寒し、雨が降って来るという始末でもう一刻の猶予が出来なくなった。仕方がないからとにかく明るくて暖かそうな方へ方へとあるいて行く。今から考えるとその時はすでに家の内に這入っておったのだ。ここで吾輩は彼の書生以外の人間を再び見るべき機会に遭遇したのである。第一に逢ったのがおさんである。これは前の書生より一層乱暴な方で吾輩を見るや否やいきなり頸筋（くびすじ）をつかんで表へ抛り出した。いやこれは駄目だと思ったから眼をねぶって運を天に任せていた。しかしひもじいのと寒いのにはどうしても我慢が出来ん。吾輩は再びおさんの隙を見て台所へ這い上った。すると間もなくまた投げ出された。吾輩は投げ出されては這い上り、這い上っては投げ出され、何でも同じ事を四五遍繰り返したのを記憶している。その時におさんと云う者はつくづくいやになった。この間おさんの三馬（さんま）を偸（ぬすん）でこの返報をしてやってから、やっと胸の痞（つかえ）が下りた。吾輩が最後につまみ出されようとしたときに、この家の主人が騒々しい何だといいながら出て来た。下女は吾輩をぶら下げて主人の方へ向けてこの宿なしの小猫がいくら出しても出しても御台所へ上って来て困りますという。主人は鼻の下の黒い毛を撚りながら吾輩の顔をしばらく眺めておったが、やがてそんなら内へ置いてやれといったまま奥へ這入ってしまった。主人はあまり口を聞かぬ人と見えた。下女は口惜しそうに吾輩を台所へ抛り出した。かくして吾輩はついにこの家を自分の住家と極（き）める事にしたのである。

吾輩の主人は滅多に吾輩と顔を合せる事がない。職業は教師だそうだ。学校から帰ると終日書斎に這入ったぎりほとんど出て来る事がない。家のものは大変な勉強家だと思っている。当人も勉強家であるかのごとく見せている。しかし実際はうちのものがいうような勤勉家ではない。吾輩は時々忍び足に彼の書斎を覗いて見るが、彼はよく昼寝をしている事がある。時々読みかけてある本の上に涎をたらしている。彼は胃弱で皮膚の色が淡黄色を帯びて弾力のない不活発な徴候をあらわしている。その癖に大飯を食う。大飯を食った後でタカジヤスターゼを飲む。飲んだ後で書物をひろげる。二三ページ読むと眠くなる。涎を本の上へ垂らす。これが彼の毎夜繰り返す日課である。吾輩は猫ながら時々考える事がある。教師というものは実に楽なものだ。人間と生れたら教師となるに限る。こんなに寝ていて勤まるものなら猫にでも出来ぬ事はないと。それでも主人に云わせると教師ほどつらいものはないそうで彼は友達が来る度に何とかかんとか不平を鳴らしている。

吾輩がこの家へ住み込んだ当時は、主人以外のものにははなはだ不人望であった。どこへ行っても跳ね付けられて相手にしてくれ手がなかった。いかに珍重されなかったかは、今日に至るまで名前さえつけてくれないのでも分る。吾輩は仕方がないから、出来得る限り吾輩を入れてくれた主人の傍にいる事をつとめた。朝主人が新聞を読むときは必ず彼の膝の上に乗る。彼が昼寝をするときは必ずその背中に乗る。これはあながち主人が好きという訳ではないが別に構い手がなかったからやむを得んのである。その後いろいろ経験の上、朝は飯櫃の上、夜は炬燵の上、天気のよい昼は椽側へ寝る事とした。しかし一番心持の好いのは夜に入ってここのうちの小供の寝床へもぐり込んでいっしょにねる事である。この小供というのは五つと三つで夜になると二人が一つ床へ入って一間へ寝る。吾輩はいつでも彼等の中間に己れを容るべき余地を見出（みいだ）してどうにか、こうにか割り込むのであるが、運悪く小供の一人が眼を醒ますが最後大変な事になる。小供は――ことに小さい方が質がわるい――猫が来た猫が来たといって夜中でも何でも大きな声で泣き出すのである。すると例の神経胃弱性の主人は必ず眼をさまして次の部屋から飛び出してくる。現にせんだってなどは物指（ものさし）で尻ぺたをひどく叩かれた。

　吾輩は人間と同居して彼等を観察すればするほど、彼等は我儘なものだと断言せざるを得ないようになった。ことに吾輩が時々同衾（どうきん）する小供のごときに至っては言語同断である。自分の勝手な時は人を逆さにしたり、頭へ袋をかぶせたり、抛り出したり、へっついの中へ押し込んだりする。しかも吾輩の方で少しでも手出しをしようものなら家内総がかりで追い廻して迫害を加える。この間もちょっと畳で爪を磨いだら細君が非常に怒ってそれから容易に座敷へ入れない。台所の板の間で他(ひと)がふるえていても一向平気なものである。吾輩の尊敬する筋向の白君などは逢う度毎に人間ほど不人情なものはないと言っておらるる。白君は先日玉のような子猫を四疋産まれたのである。ところがそこの家の書生が三日目にそいつを裏の池へ持って行って四疋ながら棄てて来たそうだ。白君は涙を流してその一部始終を話した上、どうしても我等猫族が親子の愛を完(まった）くして美しい家族的生活をするには人間と戦ってこれを剿滅（そうめつ）せねばならぬといわれた。一々もっともの議論と思う。また隣りの三毛君などは人間が所有権という事を解していないといって大（おおい）に憤慨している。元来我々同族間では目刺の頭でも鰡（ぼら）の臍でも一番先に見付けたものがこれを食う権利があるものとなっている。もし相手がこの規約を守らなければ腕力に訴えて善いくらいのものだ。しかるに彼等人間は毫もこの観念がないと見えて我等が見付けた御馳走は必ず彼等のために掠奪せらるるのである。彼等はその強力を頼んで正当に吾人が食い得べきものを奪ってすましている。白君は軍人の家におり三毛君は代言の主人を持っている。吾輩は教師の家に住んでいるだけ、こんな事に関すると両君よりもむしろ楽天である。ただその日その日がどうにかこうにか送られればよい。いくら人間だって、そういつまでも栄える事もあるまい。まあ気を永く猫の時節を待つがよかろう。

我儘で思い出したからちょっと吾輩の家の主人がこの我儘で失敗した話をしよう。元来この主人は何といって人に勝れて出来る事もないが、何にでもよく手を出したがる。俳句をやってほととぎすへ投書をしたり、新体詩を明星へ出したり、間違いだらけの英文をかいたり、時によると弓に凝ったり、謡(うたい)を習ったり、またあるときはヴァイオリンなどをブーブー鳴らしたりするが、気の毒な事には、どれもこれも物になっておらん。その癖やり出すと胃弱の癖にいやに熱心だ。後架（こうか）の中で謡をうたって、近所で後架先生と渾名をつけられているにも関せず一向平気なもので、やはりこれは平の宗盛にて候を繰返している。みんながそら宗盛だと吹き出すくらいである。この主人がどういう考になったものか吾輩の住み込んでから一月ばかり後のある月の月給日に、大きな包みを提げてあわただしく帰って来た。何を買って来たのかと思うと水彩絵具と毛筆とワットマンという紙で今日から謡や俳句をやめて絵をかく決心と見えた。果して翌日から当分の間というものは毎日毎日書斎で昼寝もしないで絵ばかりかいている。しかしそのかき上げたものを見ると何をかいたものやら誰にも鑑定がつかない。当人もあまり甘(うま)くないと思ったものか、ある日その友人で美学とかをやっている人が来た時に下(しも)のような話をしているのを聞いた。

「どうも甘くかけないものだね。人のを見ると何でもないようだが自ら筆をとって見ると今更のようにむずかしく感ずる」これは主人の述懐である。なるほど詐(いつわ)りのない処だ。彼の友は金縁の眼鏡越に主人の顔を見ながら、「そう初めから上手にはかけないさ、第一室内の想像ばかりで画がかける訳のものではない。昔し以太利(イタリー)の大家アンドレア・デル・サルトが言った事がある。画をかくなら何でも自然その物を写せ。天に星辰あり。地に露華あり。飛ぶに禽（とり）あり。走るに獣あり。池に金魚あり。枯木に寒鴉（かんあ）あり。自然はこれ一幅の大活画なりと。どうだ君も画らしい画をかこうと思うならちと写生をしたら」

「へえアンドレア・デル・サルトがそんな事をいった事があるかい。ちっとも知らなかった。なるほどこりゃもっともだ。実にその通りだ」と主人は無暗に感心している。金縁の裏には嘲けるような笑が見えた。

　その翌日吾輩は例のごとく椽側に出て心持善く昼寝をしていたら、主人が例になく書斎から出て来て吾輩の後ろで何かしきりにやっている。ふと眼が覚めて何をしているかと一分ばかり細目に眼をあけて見ると、彼は余念もなくアンドレア・デル・サルトを極め込んでいる。吾輩はこの有様を見て覚えず失笑するのを禁じ得なかった。彼は彼の友に揶揄（やゆ）せられたる結果としてまず手初めに吾輩を写生しつつあるのである。吾輩はすでに十分寝た。欠伸がしたくてたまらない。しかしせっかく主人が熱心に筆を執っているのを動いては気の毒だと思って、じっと辛棒しておった。彼は今吾輩の輪廓をかき上げて顔のあたりを色彩っている。吾輩は自白する。吾輩は猫として決して上乗の出来ではない。背といい毛並といい顔の造作といいあえて他の猫に勝るとは決して思っておらん。しかしいくら不器量の吾輩でも、今吾輩の主人に描き出されつつあるような妙な姿とは、どうしても思われない。第一色が違う。吾輩は波斯（ペルシャ）産の猫のごとく黄を含める淡灰色に漆のごとき斑入りの皮膚を有している。これだけは誰が見ても疑うべからざる事実と思う。しかるに今主人の彩色を見ると、黄でもなければ黒でもない、灰色でもなければ褐色（とびいろ）でもない、さればとてこれらを交ぜた色でもない。ただ一種の色であるというよりほかに評し方のない色である。その上不思議な事は眼がない。もともこれは寝ているところを写生したのだから無理もないが眼らしい所さえ見えないから盲猫（めくら）だか寝ている猫だか判然しないのである。吾輩は心中ひそかにいくらアンドレア・デル・サルトでもこれではしようがないと思った。しかしその熱心には感服せざるを得ない。なるべくなら動かずにおってやりたいと思ったが、さっきから小便が催うしている。身内の筋肉はむずむずする。最早一分も猶予が出来ぬ仕儀となったから、やむをえず失敬して両足を前へ存分のして、首を低く押し出してあーあと大なる欠伸をした。さてこうなって見ると、もうおとなしくしていても仕方がない。どうせ主人の予定は打（ぶ）ち壊わしたのだから、ついでに裏へ行って用を足そうと思ってのそのそ這い出した。すると主人は失望と怒りを掻き交ぜたような声をして、座敷の中から「この馬鹿野郎」と怒鳴った。この主人は人を罵るときは必ず馬鹿野郎というのが癖である。ほかに悪口の言いようを知らないのだから仕方がないが、今まで辛棒した人の気も知らないで、無暗に馬鹿野郎呼わりは失敬だと思う。それも平生吾輩が彼の背中へ乗る時に少しは好い顔でもするならこの漫罵も甘んじて受けるが、こっちの便利になる事は何一つ快くしてくれた事もないのに、小便に立ったのを馬鹿野郎とは酷い。元来人間というものは自己の力量に慢じてみんな増長している。少し人間より強いものが出て来ていじめてやらなくてはこの先どこまで増長するか分らない。

我儘もこのくらいなら我慢するが吾輩は人間の不徳についてこれよりも数倍悲しむべき報道を耳にした事がある。

吾輩の家の裏に十坪ばかりの茶園がある。広くはないが瀟洒（さっぱり）とした心持ち好く日の当る所だ。うちの小供があまり騒いで楽々昼寝の出来ない時や、あまり退屈で腹加減のよくない折などは、吾輩はいつでもここへ出て浩然の気を養うのが例である。ある小春の穏かな日の二時頃であったが、吾輩は昼飯後快よく一睡した後、運動かたがたこの茶園へと歩を運ばした。茶の木の根を一本一本嗅ぎながら、西側の杉垣のそばまでくると、枯菊を押し倒してその上に大きな猫が前後不覚に寝ている。彼は吾輩の近づくのも一向心付かざるごとく、また心付くも無頓着なるごとく、大きな鼾をして長々と体を横えて眠っている。他の庭内に忍び入りたるものがかくまで平気に睡られるものかと、吾輩は窃（ひそ）かにその大胆なる度胸に驚かざるを得なかった。彼は純粋の黒猫である。わずかに午（ご）を過ぎたる太陽は、透明なる光線を彼の皮膚の上に抛（な）げかけて、きらきらする柔毛の間より眼に見えぬ炎でも燃え出ずるように思われた。彼は猫中の大王とも云うべきほどの偉大なる体格を有している。吾輩の倍はたしかにある。吾輩は嘆賞の念と、好奇の心に前後を忘れて彼の前に佇立して余念もなく眺めていると、静かなる小春の風が、杉垣の上から出たる梧桐（ごとう）の枝を軽く誘ってばらばらと二三枚の葉が枯菊の茂みに落ちた。大王はかっとその真丸の眼を開いた。今でも記憶している。その眼は人間の珍重する琥珀というものよりも遥かに美しく輝いていた。彼は身動きもしない。双眸（そうぼう）の奥から射るごとき光を吾輩の矮小（わいしょう）なる額の上にあつめて、御めえは一体何だと云った。

大王にしては少々言葉が卑しいと思ったが何しろその声の底に犬をも挫(ひ)しぐべき力が籠っているので吾輩は少なからず恐れを抱いた。しかし挨拶をしないと険呑だと思ったから「吾輩は猫である。名前はまだない」となるべく平気を装って冷然と答えた。しかしこの時吾輩の心臓はたしかに平時よりも烈しく鼓動しておった。彼は大に軽蔑せる調子で「何、猫だ？　猫が聞いてあきれらあ。全(ぜん)てえどこに住んでるんだ」随分傍若無人である。「吾輩はここの教師の家にいるのだ」「どうせそんな事だろうと思った。いやに瘠せてるじゃねえか」と大王だけに気焔を吹きかける。言葉付から察するとどうも良家の猫とも思われない。しかしその膏（あぶら）切って肥満しているところを見ると御馳走を食ってるらしい、豊かに暮しているらしい。吾輩は「そう云う君は一体誰だい」と聞かざるを得なかった。「己れあ車屋の黒よ」昂然たるものだ。車屋の黒はこの近辺で知らぬ者なき乱暴猫である。しかし車屋だけに強いばかりでちっとも教育がないからあまり誰も交際しない。同盟敬遠主義の的になっている奴だ。吾輩は彼の名を聞いて少々尻こそばゆき感じを起すと同時に、一方では少々軽侮の念も生じたのである。吾輩はまず彼がどのくらい無学であるかを試してみようと思って左の問答をして見た。

「一体車屋と教師とはどっちがえらいだろう」

「車屋の方が強いに極まっていらあな。御めえのうちの主人を見ねえ、まるで骨と皮ばかりだぜ」

「君も車屋の猫だけに大分強そうだ。車屋にいると御馳走が食えると見えるね」

「何（なあ）におれなんざ、どこの国へ行ったって食い物に不自由はしねえつもりだ。御めえなんかも茶畠ばかりぐるぐる廻っていねえで、ちっと己（おれ）の後へくっ付いて来て見ねえ。一と月とたたねえうちに見違えるように太れるぜ」

「追ってそう願う事にしよう。しかし家は教師の方が車屋より大きいのに住んでいるように思われる」

「箆棒（べらぼう）め、うちなんかいくら大きくたって腹の足しになるもんか」

彼は大に肝癪に障った様子で、寒竹（かんちく）をそいだような耳をしきりとぴく付かせてあららかに立ち去った。吾輩が車屋の黒と知己になったのはこれからである。

その後吾輩は度々黒と邂逅（かいこう）する。邂逅する毎に彼は車屋相当の気焔を吐く。先に吾輩が耳にしたという不徳事件も実は黒から聞いたのである。

或る日例のごとく吾輩と黒は暖かい茶畠の中で寝転びながらいろいろ雑談をしていると、彼はいつもの自慢話しをさも新しそうに繰り返したあとで、吾輩に向って下のごとく質問した。「御めえは今までに鼠を何匹とった事がある」智識は黒よりも余程発達しているつもりだが腕力と勇気とに至っては到底黒の比較にはならないと覚悟はしていたものの、この問に接したる時は、さすがに極（きま）りが善くはなかった。けれども事実は事実で詐る訳には行かないから、吾輩は「実はとろうとろうと思ってまだ捕らない」と答えた。黒は彼の鼻の先からぴんと突張っている長い髭をびりびりと震わせて非常に笑った。元来黒は自慢をする丈にどこか足りないところがあって、彼の気焔を感心したように咽喉をころころ鳴らして謹聴していればはなはだ御しやすい猫である。吾輩は彼と近付になってから直（すぐ）にこの呼吸を飲み込んだからこの場合にもなまじい己れを弁護してますます形勢をわるくするのも愚である、いっその事彼に自分の手柄話をしゃべらして御茶を濁すに若（し）くはないと思案を定めた。そこでおとなしく「君などは年が年であるから大分とったろう」とそそのかして見た。果然彼は墻壁（しょうへき）の欠所（けっしょ）に吶喊（とっかん）して来た。「たんとでもねえが三四十はとったろう」とは得意気なる彼の答であった。彼はなお語をつづけて「鼠の百や二百は一人でいつでも引き受けるがいたちってえ奴は手に合わねえ。一度いたちに向って酷い目に逢った」「へえなるほど」と相槌を打つ。黒は大きな眼をぱちつかせて云う。「去年の大掃除の時だ。うちの亭主が石灰の袋を持って椽の下へ這い込んだら御めえ大きないたちの野郎が面喰って飛び出したと思いねえ」「ふん」と感心して見せる。

「いたちってけども何鼠の少し大きいぐれえのものだ。こん畜生って気で追っかけてとうとう泥溝（どぶ）の中へ追い込んだと思いねえ」「うまくやったね」と喝采してやる。「ところが御めえいざってえ段になると奴め最後っ屁をこきやがった。臭えの臭くねえのってそれからってえものはいたちを見ると胸が悪くならあ」彼はここに至ってあたかも去年の臭気を今なお感ずるごとく前足を揚げて鼻の頭を二三遍なで廻わした。吾輩も少々気の毒な感じがする。ちっと景気を付けてやろうと思って「しかし鼠なら君に睨まれては百年目だろう。君はあまり鼠を捕るのが名人で鼠ばかり食うものだからそんなに肥って色つやが善いのだろう」黒の御機嫌をとるためのこの質問は不思議にも反対の結果を呈出した。彼はき然として大息していう。

「考（かん）げえるとつまらねえ。いくら稼いで鼠をとったって――てえ人間ほどふてえ奴は世の中にいねえぜ。人のとった鼠をみんな取り上げやがって交番へ持って行きゃあがる。交番じゃ誰が捕ったか分らねえからそのたんびに五銭ずつくれるじゃねえか。うちの亭主なんか己の御蔭でもう壱円五十銭くらい儲けていやがる癖に、碌なものを食わせた事もありゃしねえ。おい人間てものあ体（てい）の善い泥棒だぜ」さすが無学の黒もこのくらいの理屈はわかると見えてすこぶる怒った容子で背中の毛を逆立てている。吾輩は少々気味が悪くなったから善い加減にその場を誤魔化して家へ帰った。この時から吾輩は決して鼠をとるまいと決心した。しかし黒の子分になって鼠以外の御馳走を猟（あさ）ってあるく事もしなかった。御馳走を食うよりも寝ていた方が気楽でいい。教師の家にいると猫も教師のような性質になると見える。要心しないと今に胃弱になるかも知れない。

　教師といえば吾輩の主人も近頃に至っては到底水彩画において望のない事を悟ったものと見えて十二月一日の日記にこんな事をかきつけた。

　〇〇と云う人に今日の会で始めて出逢った。あの人は大分放蕩をした人だと云うがなるほど通人らしい風采をしている。こう云う質の人は女に好かれるものだから〇〇が放蕩をしたと云うよりも放蕩をするべく余儀なくせられたと云うのが適当であろう。あの人の妻君は芸者だそうだ、羨ましい事である。元来放蕩家を悪くいう人の大部分は放蕩をする資格のないものが多い。また放蕩家をもって自任する連中のうちにも、放蕩する資格のないものが多い。これらは余儀なくされないのに無理に進んでやるのである。あたかも吾輩の水彩画に於けるがごときもので到底卒業する気づかいはない。しかるにも関せず、自分だけは通人だと思って済している。料理屋の酒を飲んだり待合へ這入るから通人となり得るという論が立つなら、吾輩も一廉（ひとかど）の水彩画家になり得る理屈だ。吾輩の水彩画のごときはかかない方がましであると同じように、愚昧（ぐまい）なる通人よりも山出しの大野暮の方が遥かに上等だ。

通人論はちょっと首肯しかねる。また芸者の妻君を羨しいなどというところは教師としては口にすべからざる愚劣の考であるが、自己の水彩画における批評眼だけはたしかなものだ。主人はかくのごとく自知の明（めい）あるにも関せずその自惚心はなかなか抜けない。中二日置いて十二月四日の日記にこんな事を書いている。

　昨夜は僕が水彩画をかいて到底物にならんと思って、そこらに抛って置いたのを誰かが立派な額にして欄間に懸けてくれた夢を見た。さて額になったところを見ると我ながら急に上手になった。非常に嬉しい。これなら立派なものだと独りで眺め暮らしていると、夜が明けて眼が覚めてやはり元の通り下手である事が朝日と共に明瞭になってしまった。

主人は夢の裡（うち）まで水彩画の未練を背負ってあるいていると見える。これでは水彩画家は無論夫子の所謂（いわゆる）通人にもなれない質だ。

主人が水彩画を夢に見た翌日例の金縁眼鏡の美学者が久し振りで主人を訪問した。彼は座につくと劈頭（へきとう）第一に「画はどうかね」と口を切った。主人は平気な顔をして「君の忠告に従って写生を力めているが、なるほど写生をすると今まで気のつかなかった物の形や、色の精細な変化などがよく分るようだ。西洋では昔しから写生を主張した結果今日のように発達したものと思われる。さすがアンドレア・デル・サルトだ」と日記の事はおくびにも出さないで、またアンドレア・デル・サルトに感心する。美学者は笑いながら「実は君、あれは出鱈目だよ」と頭を掻く。「何が」と主人はまだ譃（いつ）わられた事に気がつかない。「何がって君のしきりに感服しているアンドレア・デル・サルトさ。あれは僕のちょっと捏造（ねつぞう）した話だ。君がそんなに真面目に信じようとは思わなかったハハハハ」と大喜悦の体である。吾輩は椽側でこの対話を聞いて彼の今日の日記にはいかなる事が記さるるであろうかと予め想像せざるを得なかった。この美学者はこんな好加減な事を吹き散らして人を担ぐのを唯一の楽（たのしみ）にしている男である。彼はアンドレア・デル・サルト事件が主人の情線にいかなる響を伝えたかを毫も顧慮せざるもののごとく得意になって下のような事を饒舌（しゃべ）った。「いや時々冗談を言うと人が真に受けるので大に滑稽的美感を挑撥するのは面白い。せんだってある学生にニコラス・ニックルベーがギボンに忠告して彼の一世の大著述なる仏国革命史を仏語で書くのをやめにして英文で出版させたと言ったら、その学生がまた馬鹿に記憶の善い男で、日本文学会の演説会で真面目に僕の話した通りを繰り返したのは滑稽であった。ところがその時の傍聴者は約百名ばかりであったが、皆熱心にそれを傾聴しておった。それからまだ面白い話がある。せんだって或る文学者のいる席でハリソンの歴史小説セオファーノの話しが出たから僕はあれは歴史小説の中で白眉である。ことに女主人公が死ぬところは鬼気人を襲うようだと評したら、僕の向うに坐っている知らんと云った事のない先生が、そうそうあすこは実に名文だといった。それで僕はこの男もやはり僕同様この小説を読んでおらないという事を知った」神経胃弱性の主人は眼を丸くして問いかけた。「そんな出鱈目をいってもし相手が読んでいたらどうするつもりだ」あたかも人を欺くのは差支ない、ただ化の皮があらわれた時は困るじゃないかと感じたもののごとくである。美学者は少しも動じない。「なにその時ゃ別の本と間違えたとか何とか云うばかりさ」

と云ってけらけら笑っている。この美学者は金縁の眼鏡は掛けているがその性質が車屋の黒に似たところがある。主人は黙って日の出を輪に吹いて吾輩にはそんな勇気はないと云わんばかりの顔をしている。美学者はそれだから画をかいても駄目だという目付で「しかし冗談は冗談だが画というものは実際むずかしいものだよ、レオナルド・ダ・ヴィンチは門下生に寺院の壁のしみを写せと教えた事があるそうだ。なるほど雪隠（せついん）などに這入って雨の漏る壁を余念なく眺めていると、なかなかうまい模様画が自然に出来ているぜ。君注意して写生して見給えきっと面白いものが出来るから」「また欺（だま）すのだろう」「いえこれだけはたしかだよ。実際奇警な語じゃないか、ダ・ヴィンチでもいいそうな事だあね」「なるほど奇警には相違ないな」と主人は半分降参をした。しかし彼はまだ雪隠で写生はせぬようだ。

車屋の黒はその後跛（びっこ）になった。彼の光沢ある毛は漸々（だんだん）色が褪めて抜けて来る。吾輩が琥珀よりも美しいと評した彼の眼には眼脂（めやに）が一杯たまっている。ことに著るしく吾輩の注意を惹いたのは彼の元気の消沈とその体格の悪くなった事である。吾輩が例の茶園で彼に逢った最後の日、どうだと云って尋ねたら「いたちの最後屁と肴屋の天秤棒には懲々（こりごり）だ」といった。

赤松の間に二三段の紅を綴った紅葉は昔しの夢

のごとく散ってつくばいに近く代る代る花弁をこぼした紅白の山茶花も残りなく落ち尽した。三間半の南向の椽側に冬の日脚が早く傾いて木枯の吹かない日はほとんど稀になってから吾輩の昼寝の時間も狭められたような気がする。

　主人は毎日学校へ行く。帰ると書斎へ立て籠る。人が来ると、教師が厭（いや）だ厭だという。水彩画も滅多にかかない。タカジヤスターゼも功能がないといってやめてしまった。小供は感心に休まないで幼稚園へかよう。帰ると唱歌を歌って、毬をついて、時々吾輩を尻尾でぶら下げる。

吾輩は御馳走も食わないから別段肥りもしないが、まずまず健康で跛にもならずにその日その日を暮している。鼠は決して取らない。おさんは未だに嫌いである。名前はまだつけてくれないが、欲をいっても際限がないから生涯この教師の家で無名の猫で終るつもりだ。

## 二

吾輩は新年来多少有名になったので、猫ながらちょっと鼻が高く感ぜらるるのはありがたい。

元朝早々主人の許へ一枚の絵葉書が来た。これは彼の交友某画家からの年始状であるが、上部を赤、下部を深緑りで塗って、その真中に一の動物が蹲踞（うずくま）っているところをパステルで書いてある。主人は例の書斎でこの絵を、横から見たり、竪から眺めたりして、うまい色だなという。すでに一応感服したものだから、もうやめにするかと思うとやはり横から見たり、竪から見たりしている。からだを拗（ね）じ向けたり、手を延ばして年寄が三世相（さんぜそう）を見るようにしたり、または窓の方へむいて鼻の先まで持って来たりして見ている。早くやめてくれないと膝が揺れて険呑でたまらない。ようやくの事で動揺があまり劇（はげ）しくなくなったと思ったら、小さな声で一体何をかいたのだろうと云う。主人は絵端書の色には感服したが、かいてある動物の正体が分らぬので、さっきから苦心をしたものと見える。そんな分らぬ絵端書かと思いながら、寝ていた眼を上品に半ば開いて、落ちつき払って見ると紛れもない、自分の肖像だ。主人のようにアンドレア・デル・サルトを極（き）め込んだものでもあるまいが、画家だけに形体も色彩もちゃんと整って出来ている。誰が見たって猫に相違ない。少し眼識のあるものなら、猫の中でも他の猫じゃない吾輩である事が判然とわかるように立派に描いてある。このくらい明瞭な事を分らずにかくまで苦心するかと思うと、少し人間が気の毒になる。出来る事ならその絵が吾輩であると云う事を知らしてやりたい。吾輩であると云う事はよし分らないにしても、せめて猫であるという事だけは分らしてやりたい。しかし人間というものは到底吾輩猫属の言語を解し得るくらいに天の恵に浴しておらん動物であるから、残念ながらそのままにしておいた。

ちょっと読者に断っておきたいが、元来人間が何ぞというと猫々と、事もなげに軽侮の口調をもって吾輩を評価する癖があるははなはだよくない。人間の糟から牛と馬が出来て、牛と馬の糞から猫が製造されたごとく考えるのは、自分の無智に心付かんで高慢な顔をする教師などにはありがちの事でもあろうが、はたから見てあまり見っともいい者じゃない。いくら猫だって、そう粗末簡便にはは出来ぬ。よそ目には一列一体、平等無差別、どの猫も自家固有の特色などはないようであるが、猫の社会に這入って見るとなかなか複雑なもので十人十色という人間界の語（ことば）はそのままここにも応用が出来るのである。目付でも、鼻付でも、毛並でも、足並でも、みんな違う。髯の張り具合から耳の立ち按排（あんばい）、尻尾の垂れ加減に至るまで同じものは一つもない。器量、不器量、好き嫌い、粋無粋の数を悉(つ)くして千差万別と云っても差支えないくらいである。そのように判然たる区別が存しているにもかかわらず、人間の眼はただ向上とか何とかいって、空ばかり見ているものだから、吾輩の性質は無論相貌の末を識別する事すら到底出来ぬのは気の毒だ。同類相求むとは昔しからある語だそうだがその通り、餅屋は餅屋、猫は猫で、猫の事ならやはり猫でなくては分らぬ。いくら人間が発達したってこればかりは駄目である。いわんや実際をいうと彼等が自ら信じているごとくえらくも何ともないのだからなおさらむずかしい。またいわんや同情に乏しい吾輩の主人のごときは、相互を残りなく解するというが愛の第一義であるということすら分らない男なのだから仕方がない。彼は性の悪い牡蠣のごとく書斎に吸い付いて、かつて外界に向って口を開いた事がない。それで自分だけはすこぶる達観したような面構をしているのはちょっとおかしい。

達観しない証拠には現に吾輩の肖像が眼の前にあるのに少しも悟った様子もなく今年は征露の第二年目だから大方熊の画だろうなどと気の知れぬことをいってすましているのでもわかる。

吾輩が主人の膝の上で眼をねむりながらかく考えていると、やがて下女が第二の絵端書を持って来た。見ると活版で舶来の猫が四五疋（ひき）ずらりと行列してペンを握ったり書物を開いたり勉強をしている。その内の一疋は席を離れて机の角で西洋の猫じゃ猫じゃを躍っている。その上に日本の墨で「吾輩は猫である」と黒々とかいて、右の側に書を読むや躍るや猫の春一日という俳句さえ認められてある。これは主人の旧門下生より来たのであるで誰が見たって一見して意味がわかるはずであるのに、迂闊な主人はまだ悟らないと見えて不思議そうに首を捻って、はてな今年は猫の年かなと独言を言った。吾輩がこれほど有名になったのを未だ気が着かずにいると見える。

　ところへ下女がまた第三の端書を持ってくる。今度は絵端書ではない。恭賀新年とかいて、傍らに乍恐縮（きょうしゅくながら）かの猫へも宜しく御伝声奉願上候（ねがいあげたてまつりそろ）とある。いかに迂遠な主人でもこう明らさまに書いてあれば分るものと見えてようやく気が付いたようにフンと言いながら吾輩の顔を見た。その眼付が今までとは違って多少尊敬の意を含んでいるように思われた。今まで世間から存在を認められなかった主人が急に一個の新面目を施こしたのも、全く吾輩の御蔭だと思えばこのくらいの眼付は至当だろうと考える。

おりから門の格子がチリン、チリン、チリリリリンと鳴る。大方来客であろう、来客なら下女が取次に出る。吾輩は肴屋の梅公がくる時のほかは出ない事に極めているのだから、平気で、もとのごとく主人の膝に坐っておった。すると主人は高利貸にでも飛び込まれたように不安な顔付をして玄関の方を見る。何でも年賀の客を受けて酒の相手をするのが厭らしい。人間もこのくらい偏屈になれば申し分はない。そんなら早くから外出でもすればよいのにそれほどの勇気も無い。いよいよ牡蠣の根性をあらわしている。しばらくすると下女が来て寒月（かんげつ）さんがおいでになりましたという。この寒月という男はやはり主人の旧門下生であったそうだが、今では学校を卒業して、何でも主人より立派になっているという話しである。この男がどういう訳か、よく主人の所へ遊びに来る。来ると自分を恋（おも）っている女が有りそうな、無さそうな、世の中が面白そうな、つまらなそうな、凄いような艶っぽいような文句ばかり並べては帰る。主人のようなしなびかけた人間を求めて、わざわざこんな話しをしに来るのからして合点が行かぬが、あの牡蠣的主人がそんな談話を聞いて時々相槌を打つのはなお面白い。

「しばらく御無沙汰をしました。実は去年の暮から大（おおい）に活動しているものですから、出ようと思っても、ついこの方角へ足が向かないので」と羽織の紐をひねくりながら謎見たような事をいう。「どっちの方角へ足が向くかね」と主人は真面目な顔をして、黒木綿の紋付羽織の袖口を引張る。この羽織は木綿でゆきが短かい、下からべんべら者が左右へ五分くらいずつはみ出している。「エヘヘヘ少し違った方角で」と寒月君が笑う。見ると今日は前歯が一枚欠けている。「君歯をどうかしたかね」と主人は問題を転じた。「ええ実はある所で椎茸を食いましてね」「何を食ったって？」「その、少し椎茸を食ったんで。椎茸の傘を前歯で噛み切ろうとしたらぼろりと歯が欠けましたよ」「椎茸で前歯がかけるなんざ、何だか爺々臭いね。俳句にはなるかも知れないが、恋にはならんようだな」と平手で吾輩の頭を軽く叩く。「ああその猫が例のですか、なかなか肥ってるじゃありませんか、それなら車屋の黒にだって負けそうもありませんね、立派なものだ」と寒月君は大に吾輩を賞める。「近頃大分大きくなったのさ」と自慢そうに頭をぽかぽかなぐる。賞められたのは得意であるが頭が少々痛い。「一昨夜もちょいと合奏会をやりましてね」と寒月君はまた話しをもとへ戻す。「どこで」「どこでもそりゃ御聞きにならんでもよいでしょう。ヴァイオリンが三挺とピヤノの伴奏でなかなか面白かったです。ヴァイオリンも三挺くらいになると下手でも聞かれるものですね。二人は女で私がその中へまじりましたが、自分でも善く弾けたと思いました」「ふん、そしてその女というのは何者かね」と主人は羨ましそうに問いかける。元来主人は平常枯木寒巌（こぼくかんがん）のような顔付はしているものの実のところは決して婦人に冷淡な方ではない、かつて西洋の或る小説を読んだら、その中にある一人物が出て来て、それが大抵の婦人には必ずちょっと惚れる。勘定をして見ると往来を通る婦人の七割弱には恋着するという事が諷刺的に書いてあったのを見て、これは真理だと感心したくらいな男である。そんな浮気な男が何故牡蠣的生涯を送っているかと云うのは吾輩猫などには到底分らない。或人は失恋のためだとも云うし、或人は胃弱のせいだとも云うし、また或人は金がなくて臆病な性質だからだとも云う。どっちにしたって明治の歴史に関係するほどな人物でもないのだから構わない。しかし寒月君の女連れを羨まし気に尋ねた事だけは事実である。寒月君は面白そうに口取の蒲鉾を箸で挟んで半分前歯で食い切った。吾輩はまた欠けはせぬかと心配したが今度は大丈夫であった。「なに二人とも去る所の令嬢ですよ、御存じの方じゃありません」と余所余所（よそよそ）しい返事をする。「ナール」と主人は引張ったが「ほど」を略して考えている。寒月君はもう善い加減な時分だと思ったものか「どうも好い天気ですな、御閑ならごいっしょに散歩でもしましょうか、旅順が落ちたので市中は大変な景気ですよ」と促がして見る。主人は旅順の陥落より女連の身元を聞きたいと云う顔で、しばらく考え込んでいたがようやく決心をしたものと見えて「それじゃ出るとしよう」と思い切って立つ。やはり黒木綿の紋付羽織に、兄の紀念（かたみ）とかいう二十年来着古（きふ）るした結城紬の綿入を着たままである。いくら結城紬が丈夫だって、こう着つづけではたまらない。所々が薄くなって日に透かして見ると裏からつぎを当てた針の目が見える。主人の服装には師走も正月もない。ふだん着も余所ゆきもない。出るときは懐手をしてぶらりと出る。ほかに着る物がないからか、有っても面倒だから着換えないのか、吾輩には分らぬ。ただしこれだけは失恋のためとも思われない。

両人が出て行ったあとで、吾輩はちょっと失敬して寒月君の食い切った蒲鉾の残りを頂戴した。吾輩もこの頃では普通一般の猫ではない。まず桃川如燕（じょえん）以後の猫か、グレーの金魚を偸

（ぬすんだ猫くらいの資格は充分あると思う。車屋の黒などは固（もと）より眼中にない。蒲鉾の一切（ひときれ）くらい頂戴したって人からかれこれ云われる事もなかろう。それにこの人目を忍んで間食をするという癖は、何も吾等猫族に限った事ではない。うちの御三などはよく細君の留守中に餅菓子などを失敬しては頂戴し、頂戴しては失敬している。御三ばかりじゃない現に上品な仕付を受けつつあると細君から吹聴せられている小児ですらこの傾向がある。四五日前のことであったが、二人の小供が馬鹿に早くから眼を覚まして、まだ主人夫婦の寝ている間に対（むか）い合うて食卓に着いた。彼等は毎朝主人の食う麺麭（パン）の幾分に、砂糖をつけて食うのが例であるが、この日はちょうど砂糖壺が卓の上に置かれて匙さえ添えてあった。いつものように砂糖を分配してくれるものがないので、大きい方がやがて壺の中から一匙の砂糖をすくい出して自分の皿の上へあけた。すると小さいのが姉のした通り同分量の砂糖を同方法で自分の皿の上にあけた。少（しば）らく両人は睨み合っていたが、大きいのがまた匙をとって一杯をわが皿の上に加えた。小さいのもすぐ匙をとってわが分量を姉と同一にした。すると姉がまた一杯すくった。妹も負けずに一杯を附加した。姉がまた壺へ手を懸ける、妹がまた匙をとる。見ている間に一杯一杯一杯と重なって、ついには両人の皿には山盛の砂糖が堆（うずたか）くなって、壺の中には一匙の砂糖も余っておらんようになったとき、主人が寝ぼけ眼を擦りながら寝室を出て来てせっかくしゃくい出した砂糖を元のごとく壺の中へ入れてしまった。こんなところを見ると、人間は利己主義から割り出した公平という念は猫より優っているかも知れぬが、智慧はかえって猫より劣っているようだ。そんなに山盛にしないうちに早く嘗めてしまえばいいにと思ったが、例のごとく、吾輩の言う事などは通じないのだから、気の毒ながら御櫃(おはち)の上から黙って見物していた。

寒月君と出掛けた主人はどこをどう歩行(あるい)たものか、その晩遅く帰って来て、翌日食卓に就いたのは九時頃であった。例の御櫃の上から拝見していると、主人はだまって雑煮を食っている。代えては食い、代えては食う。餅の切れは小さいが、何でも六切か七切食って、最後の一切れを椀の中へ残して、もうよそうと箸を置いた。他人がそんな我儘をすると、なかなか承知しないのであるが、主人の威光を振り廻わして得意なる彼は、濁った汁の中に焦げ爛れた餅の死骸を見て平気ですましている。妻君が袋戸の奥からタカジヤスターゼを出して卓の上に置くと、主人は「それは利かないから飲まん」という。「でもあなた澱粉質のものには大変功能があるそうですから、召し上ったらいいでしょう」と飲ませたがる。「澱粉だろうが何だろうが駄目だよ」と頑固に出る。「あなたはほんとに厭きっぽい」と細君が独言のようにいう。「厭きっぽいのじゃない薬が利かんのだ」「それだってせんだってじゅうは大変によく利くよく利くとおっしゃって毎日毎日上ったじゃありませんか」「こないだうちは利いたのだよ、この頃は利かないのだよ」と対句のような返事をする。「そんなに飲んだり止めたりしちゃ、いくら功能のある薬でも利く気遣いはありません、もう少し辛防（しんぼう）がよくなくっちゃあ胃弱なんぞはほかの病気たあ違って直らないわねえ」とお盆を持って控えた御三を顧みる。「それは本当のところでございます。もう少し召し上ってご覧にならないと、とても善い薬か悪い薬かわかりますまい」と御三は一も二もなく細君の肩を持つ。「何でもいい、飲まんのだから飲まんのだ、女なんかに何がわかるものか、黙っていろ」「どうせ女ですわ」と細君がタカジヤスターゼを主人の前へ突き付けて是非詰腹を切らせようとする。主人は何にも云わず立って書斎へ這入る。細君と御三は顔を見合せてにやにやと笑う。こんなときに後からくっ付いて行って膝の上へ乗ると、大変な目に逢わされるから、そっと庭から廻って書斎の椽側へ上って障子の隙から覗いて見ると、主人はエピクテタスとか云う人の本を披（ひら）いて見ておった。もしそれが平常の通りわかるならちょっとえらいところがある。五六分するとその本を叩き付けるように机の上へ抛り出す。大方そんな事だろうと思いながらなお注意していると、今度は日記帳を出して下のような事を書きつけた。

寒月と、根津、上野、池の端、神田辺を散歩。池の端の待合の前で芸者が裾模様の春着をきて羽根をついていた。衣装は美しいが顔はすこぶるまずい。何となくうちの猫に似ていた。

何も顔のまずい例に特に吾輩を出さなくって

も、よさそうなものだ。吾輩だって喜多床へ行って顔さえ剃って貰やあ、そんなに人間と異（ちが）ったところはありゃしない。人間はこう自惚れているから困る。

宝丹（ほうたん）の角を曲るとまた一人芸者が来た。これは背のすらりとした撫肩の恰好よく出来上った女で、着ている薄紫の衣服も素直に着こなされて上品に見えた。白い歯を出して笑いながら「源ちゃん昨夕は――つい忙がしかったもんだから」と云った。ただしその声は旅鴉のごとく皺枯れておったので、せっかくの風采も大に下落したように感ぜられたから、いわゆる源ちゃんなるもののいかなる人なるかを振り向いて見るも面倒になって、懐手のまま御成道（おなりみち）へ出た。寒月は何となくそわそわしているごとく見えた。

人間の心理ほど解し難いものはない。この主人の今の心は怒っているのだか、浮かれているのだか、または哲人の遺書に一道の慰安を求めつつあるのか、ちっとも分らない。世の中を冷笑しているのか、世の中へ交りたいのだか、くだらぬ事に肝癪を起しているのか、物外（ぶつがい）に超然としているのだかさっぱり見当が付かぬ。猫などはそこへ行くと単純なものだ。食いたければ食い、寝たければ寝る、怒るときは一生懸命に怒り、泣くときは絶体絶命に泣く。第一日記などという無用のものは決してつけない。つける必要がないからである。主人のように裏表のある人間は日記でも書いて世間に出されない自己の面目を暗室内に発揮する必要があるかも知れないが、我等猫属に至ると行住坐臥（ぎょうじゅうざが）、行屎送尿（こうしそうにょう）ことごとく真正の日記であるから、別段そんな面倒な手数をして、己れの真面目（しんめんもく）を保存するには及ばぬと思う。日記をつけるひまがあるなら椽側に寝ているまでの事さ。

神田の某亭で晩餐（ばんさん）を食う。久し振りで正宗を二三杯飲んだら、今朝は胃の具合が大変いい。胃弱には晩酌が一番だと思う。タカジヤスターゼは無論いかん。誰が何と云っても駄目だ。どうしたって利かないものは利かないのだ。

無暗にタカジヤスターゼを攻撃する。独りで喧嘩をしているようだ。今朝の肝癪がちょっとここへ尾を出す。人間の日記の本色はこう云う辺に存するのかも知れない。

せんだって○○は朝飯を廃すると胃がよくなると云うたから二三日朝飯をやめて見たが腹がぐうぐう鳴るばかりで功能はない。△△は是非香の物を断てと忠告した。彼の説によるとすべて胃病の源因は漬物にある。漬物さえ断てば胃病の源を涸らす訳だから本復は疑なしという論法であった。それから一週間ばかり香の物に箸を触れなかったが別段の験も見えなかったから近頃はまた食い出した。××に聞くとそれは按腹揉療治（もみりょうじ）に限る。ただし普通のではゆかぬ。皆川流という古流な揉み方で一二度やらせれば大抵の胃病は根治出来る。安井息軒（そっけん）も大変この按摩術を愛していた。坂本竜馬のような豪傑でも時々は治療をうけたと云うから、早速上根岸（かみねぎし）まで出掛けて揉まして見た。ところが骨を揉まなければ癒（なお）らぬとか、臓腑の位置を一度顛倒（てんとう）しなければ根治がしにくいとかいって、それはそれは残酷な揉み方をやる。後で身体が綿のようになって昏睡病にかかったような心持ちがしたので、一度で閉口してやめにした。Ａ君は是非固形体を食うなという。それから、一日牛乳ばかり飲んで暮して見たが、この時は腸の中でどぼりどぼりと音がして大水でも出たように思われて終夜眠れなかった。Ｂ氏は横隔膜で呼吸して内臓を運動させれば自然と胃の働きが健全になる訳だから試しにやって御覧という。これも多少やったが何となく腹中が不安で困る。それに時々思い出したように一心不乱にかかりはするものの五六分立つと忘れてしまう。忘れまいとすると横膈膜が気になって本を読む事も文章をかく事も出来ぬ。美学者の迷亭（めいてい）がこの体（てい）を見て、産気のついた男じゃあるまいし止すがいいと冷かしたからこの頃は廃（よ）してしまった。C先生は蕎麦を食ったらよかろうと云うから、早速かけともりをかわるがわる食ったが、これは腹が下るばかりで何等の功能もなかった。余は年来の胃弱を直すために出来得る限りの方法を講じて見たがすべて駄目である。ただ昨夜寒月と傾けた三杯の正宗はたしかに利目がある。これからは毎晩二三杯ずつ飲む事にしよう。

これも決して長く続く事はあるまい。主人の心は吾輩の眼球のように間断なく変化している。何をやっても永持（ながもち）のしない男である。その上日記の上で胃病をこんなに心配している癖に、表向は大に痩我慢をするからおかしい。せんだってその友人で某という学者が尋ねて来て、一種の見地から、すべての病気は父祖の罪悪と自己の罪悪の結果にほかならないと云う議論をした。大分研究したものと見えて、条理が明晰で秩序が整然として立派な説であった。気の毒ながらうちの主人などは到底これを反駁するほどの頭脳も学問もないのである。しかし自分が胃病で苦しんでいる際だから、何とかかんとか弁解をして自己の面目を保とうと思った者と見えて、「君の説は面白いが、あのカーライルは胃弱だったぜ」とあたかもカーライルが胃弱だから自分の胃弱も名誉であると云ったような、見当違いの挨拶をした。すると友人は「カーライルが胃弱だって、胃弱の病人が必ずカーライルにはなれないさ」と極め付けたので主人は黙然としていた。かくのごとく虚栄心に富んでいるものの実際はやはり胃弱でない方がいいと見えて、今夜から晩酌を始めるなどというのはちょっと滑稽だ。考えて見ると今朝雑煮をあんなにたくさん食ったのも昨夜寒月君と正宗をひっくり返した影響かも知れない。吾輩もちょっと雑煮が食って見たくなった。

吾輩は猫ではあるが大抵のものは食う。車屋の黒のように横丁の肴屋まで遠征をする気力はないし、新道（しんみち）の二絃琴の師匠の所の三毛のように贅沢は無論云える身分でない。従って存外嫌は少ない方だ。小供の食いこぼした麺麭（パン）も食うし、餅菓子のもなめる。香の物はすこぶるまずいが経験のため沢庵を二切ばかりやった事がある。食って見ると妙なもので、大抵のものは食える。あれは嫌だ、これは嫌だと云うのは贅沢な我儘で到底教師の家にいる猫などの口にすべきところでない。主人の話しによると仏蘭西（フランス）にバルザックという小説家があったそうだ。この男が大の贅沢屋で——もっともこれは口の贅沢屋ではない、小説家だけに文章の贅沢を尽したという事である。バルザックが或る日自分の書いている小説中の人間の名をつけようと思っていろいろつけて見たが、どうしても気に入らない。ところへ友人が遊びに来たのでいっしょに散歩に出掛けた。友人は固（もと）より何も知らずに連れ出されたのであるが、バルザックは兼ねて自分の苦心している名を目付けようという考えだから往来へ出ると何もしないで店先の看板ばかり見て歩行いている。ところがやはり気に入った名がない。友人を連れて無暗にあるく。友人は訳がわからずにくっ付いて行く。彼等はついに朝から晩まで巴理

（パリ）を探険した。その帰りがけにバルザックはふとある裁縫屋の看板が目についた。見るとその看板にマーカスという名がかいてある。バルザックは手を拍って「これだこれだこれに限る。マーカスは好い名じゃないか。マーカスの上へＺという頭文字をつける、すると申し分のない名が出来る。Ｚでなくてはいかん。Z. Marcus は実にうまい。どうも自分で作った名はうまくつけたつもりでも何となく故意（わざ）とらしいところがあって面白くない。ようやくの事で気に入った名が出来た」と友人の迷惑はまるで忘れて、一人嬉しがったというが、小説中の人間の名前をつけるに一日巴理を探険しなくてはならぬようでは随分手数のかかる話だ。贅沢もこのくらい出来れば結構なものだが吾輩のように牡蠣的主人を持つ身の上ではとてもそんな気は出ない。何でもいい、食えさえすれば、という気になるのも境遇のしからしむるところであろう。だから今雑煮が食いたくなったのも決して贅沢の結果ではない、何でも食える時に食っておこうという考から、主人の食い剰(あま)した雑煮がもしや台所に残っていはすまいかと思い出したからである。……台所へ廻って見る。

今朝見た通りの餅が、今朝見た通りの色で椀の底に膠着している。白状するが餅というものは今まで一辺も口に入れた事がない。見るとうまそうにもあるし、また少しは気味がわるくもある。前足で上にかかっている菜っ葉を掻き寄せる。爪を見ると餅の上皮が引き掛ってねばねばする。嗅いで見ると釜の底の飯を御櫃（おはち）へ移す時のような香がする。食おうかな、やめようかな、とあたりを見廻す。幸か不幸か誰もいない。御三は暮も春も同じような顔をして羽根をついている。小供は奥座敷で「何とおっしゃる兎さん」を歌っている。食うとすれば今だ。もしこの機をはずすと来年まては餅というものの味を知らずに暮してしまわねばならぬ。吾輩はこの刹那に猫ながら一の真理を感得した。「得難き機会はすべての動物をして、好まざる事をも敢てせしむ」吾輩は実を云うとそんなに雑煮を食いたくはないのである。否椀底の様子を熟視すればするほど気味が悪くなって、食うのが厭になったのである。この時もし御三でも勝手口を開けたなら、奥の小供の足音がこちらへ近付くのを聞き得たなら、吾輩は惜気もなく椀を見棄てたろう、しかも雑煮の事は来年まで念頭に浮ばなかったろう。ところが誰も来ない、いくらしていても誰も来ない。早く食わぬか食わぬかと催促されるような心持がする。吾輩は椀の中を覗き込みながら、早く誰か来てくれればいいと念じた。やはり誰も来てくれない。吾輩はとうとう雑煮を食わなければならぬ。最後にからだ全体の重量を椀の底へ落すようにして、あぐりと餅の角を一寸ばかり食い込んだ。このくらい力を込めて食い付いたのだから、大抵なものなら噛み切れる訳だが、驚いた！　もうよかろうと思って歯を引こうとすると引けない。もう一辺噛み直そうとすると動きがとれない。餅は魔物だなと疳（かん）づいた時はすでに遅かった。沼へでも落ちた人が足を抜こうと焦慮（あせ）るたびにぶくぶく深く沈むように、噛めば噛むほど口が重くなる、歯が動かなくなる。歯答えはあるが、歯答えがあるだけでどうしても始末をつける事が出来ない。美学者迷亭先生がかつて吾輩の主人を評して君は割り切れない男だといった事があるが、なるほどうまい事をいったものだ。この餅も主人と同じようにどうしても割り切れない。噛んでも噛んでも、三で十を割るごとく尽未来際方（じんみらいざいかた）のつく期はあるまいと思われた。この煩悶の際吾輩は覚えず第二の真理に逢着した。「すべての動物は直覚的に事物の適不適を予知す」真理はすでに二つまで発明したが、餅がくっ付いているので毫も愉快を感じない。歯が餅の肉に吸収されて、抜けるように痛い。早く食い切って逃げないと御三が来る。小供の唱歌もやんだようだ、きっと台所へ馳け出して来るに相違ない。煩悶の極（きょく）尻尾をぐるぐる振って見たが何等の功能もない、耳を立てたり寝かしたりしたが駄目である。考えて見ると耳と尻尾は餅と何等の関係もない。要するに振り損の、立て損の、寝かし損であると気が付いたからやめにした。ようやくの事これは前足の助けを借りて餅を払い落すに限ると考え付いた。まず右の方をあげて口の周囲を撫で廻す。撫でたくらいで割り切れる訳のものではない。今度は左りの方を伸して口を中心として急劇に円を劃（かく）して見る。そんな呪（まじな）いで魔は落ちない。辛防が肝心だと思って左右交る交るに動かしたがやはり依然として歯は餅の中にぶら下っている。ええ面倒だと両足を一度に使う。すると不思議な事にこの時だけは後足二本で立つ事が出来た。何だか猫でないような感じがする。猫であろうが、あるまいがこうなった日にゃあ構うものか、何でも餅の魔が落ちるまでやるべしという意気込みで無茶苦茶に顔中引っ掻き廻す。前足の運動が猛烈なのでややともすると中心を失って倒れかかる。倒れかかるたびに後足で調子をとらなくてはならぬから、一つ所にいる訳にも行かんので、台所中あちら、こちらと飛んで廻る。我ながらよくこんなに器用に起っていられたものだと思う。第三の真理が驀地（ばくち）に現前する。「危きに臨めば平常なし能わざるところのものを為し能う。之を天祐という」幸に天祐を享けたる吾輩が一生懸命餅の魔と戦っていると、何だか足音がして奥より人が来るような気合（けわい）である。ここで人に来られては大変だと思って、いよいよ躍起となって台所をかけ廻る。足音はだんだん近付いてくる。ああ残念だが天祐が少し足りない。とうとう小供に見付けられた。「あら猫が御雑煮を食べて踊を踊っている」と大きな声をする。この声を第一に聞きつけたのが御三である。羽根も羽子板も打ち遣って勝手から「あらまあ」と飛込んで来る。細君は縮緬の紋付で「いやな猫ねえ」と仰せられる。主人さえ書斎から出て来て「この馬鹿野郎」といった。面白い面白いと云うのは小供ばかりである。そうしてみんな申し合せたようにげらげら笑っている。腹は立つ、苦しくはある、踊はやめる訳にゆかぬ、弱った。ようやく笑いがやみそうになったら、五つになる女の子が「御かあ様、猫も随分ね」といったので狂瀾（きょうらん）を既倒（きとう）に何とかするという勢でまた大変笑われた。人間の同情に乏しい実行も大分見聞（けんもん）したが、この時ほど恨めしく感じた事はなかった。ついに天祐もどっかへ消え失せて、在来の通り四つ這になって、眼を白黒するの醜態を演ずるまでに閉口した。さすが見殺しにするのも気の毒と見えて「まあ餅をとってやれ」と主人が御三に命ずる。御三はもっと踊らせようじゃありませんかという眼付で細君を見る。細君は踊は見たいが、殺してまで見る気はないのでだまっている。「取ってやらんと死んでしまう、早くとってやれ」と主人は再び下女を顧みる。御三は御馳走を半分食べかけて夢から起された時のように、気のない顔をして餅をつかんでぐいと引く。寒月君じゃないが前歯がみんな折れるかと思った。どうも痛いの痛くないのって、餅の中へ堅く食い込んでいる歯を情け容赦もなく引張るのだからたまらない。吾輩が「すべての安楽は困苦を通過せざるべからず」と云う第四の真理を経験して、けろけろとあたりを見廻した時には、家人はすでに奥座敷へ這入ってしまっておった。

こんな失敗をした時には内にいて御三なんぞに顔を見られるのも何となくばつが悪い。いっその事気を易えて新道の二絃琴の御師匠さんの所の三毛子でも訪問しようと台所から裏へ出た。三毛子はこの近辺で有名な美貌家である。吾輩は猫には相違ないが物の情けは一通り心得ている。うちで主人の苦い顔を見たり、御三の険突を食って気分が勝れん時は必ずこの異性の朋友の許を訪問していろいろな話をする。すると、いつの間にか心が晴々して今までの心配も苦労も何もかも忘れて、生れ変ったような心持になる。女性の影響というものは実に莫大なものだ。杉垣の隙から、いるかなと思って見渡すと、三毛子は正月だから首輪の新しいのをして行儀よく椽側に坐っている。その背中の丸さ加減が言うに言われんほど美しい。曲線の美を尽している。尻尾の曲がり加減、足の折り具合、物憂げに耳をちょいちょい振る景色なども到底形容が出来ん。ことによく日の当る所に暖かそうに、品よく控えているものだから、身体は静粛端正の態度を有するにも関らず、天鵞毛（びろうど）を欺くほどの滑らかな満身の毛は春の光りを反射して風なきにむらむらと微動するごとくに思われる。吾輩はしばらく恍惚として眺めていたが、やがて我に帰ると同時に、低い声で「三毛子さん」といいながら前足で招いた。三毛子は「あら先生」と椽を下りる。赤い首輪につけた鈴がちゃらちゃらと鳴る。おや正月になったら鈴までつけたな、どうもいい音だと感心している間に、吾輩の傍に来て「あら先生、おめでとう」と尾を左りへ振る。吾等猫属間で御互に挨拶をするときには尾を棒のごとく立てて、それを左りへぐるりと廻すのである。町内で吾輩を先生と呼んでくれるのはこの三毛子ばかりである。吾輩は前回断わった通りまだ名はないのであるが、教師の家にいるものだから三毛子だけは尊敬して先生先生といってくれる。吾輩も先生と云われて満更悪い心持ちもしないから、はいはいと返事をしている。「やあおめでとう、大層立派に御化粧が出来ましたね」「ええ去年の暮御師匠さんに買って頂いたの、宜いでしょう」とちゃらちゃら鳴らして見せる。「なるほど善い音ですな、吾輩などは生れてから、そんな立派なものは見た事がないですよ」「あらいやだ、みんなぶら下げるのよ」とまたちゃらちゃら鳴らす。「いい音でしょう、あたし嬉しいわ」とちゃらちゃらちゃらちゃら続け様に鳴らす。「あなたのうちの御師匠さんは大変あなたを可愛がっていると見えますね」と吾身に引きくらべて暗に欣羨（きんせん）の意を洩らす。三毛子は無邪気なものである「ほんとよ、まるで自分の小供のようよ」とあどけなく笑う。猫だって笑わないとは限らない。人間は自分よりほかに笑えるものが無いように思っているのは間違いである。吾輩が笑うのは鼻の孔を三角にして咽喉仏を震動させて笑うのだから人間にはわからぬはずである。「一体あなたの所の御主人は何ですか」「あら御主人だって、妙なのね。御師匠さんだわ。二絃琴の御師匠さんよ」「それは吾輩も知っていますがね。その御身分は何なんです。いずれ昔しは立派な方なんでしょうな」「ええ」

君を待つ間の姫小松……………

障子の内で御師匠さんが二絃琴を弾きだす。「宜い声でしょう」と三毛子は自慢する。「宜いようだが、吾輩にはよくわからん。全体何というものですか」「あれ？　あれは何とかってものよ。御師匠さんはあれが大好きなの。……御師匠さんはあれで六十二よ。随分丈夫だわね」六十二で生きているくらいだから丈夫と云わねばなるまい。吾輩は「はあ」と返事をした。少し間が抜けたようだが別に名答も出て来なかったから仕方がない。「あれでも、もとは身分が大変好かったんだって。いつでもそうおっしゃるの」「へえ元は何だったんですと」「何でも天璋院（てんしょういん）様の御祐筆（ごゆうひつ）の妹の御嫁に行った先きの御っかさんの甥の娘なんだって」「何ですって？」「あの天璋院様の御祐筆の妹の御嫁にいった……」「なるほど。少し待って下さい。天璋院様の妹の御祐筆の……」「あらそうじゃないの、天璋院様の御祐筆の妹の……」「よろしい分りました天璋院様のでしょう」「ええ」「御祐筆のでしょう」「そうよ」「御嫁に行った」「妹の御嫁に行ったですよ」「そうそう間違った。妹の御嫁に入った先きの」「御っかさんの甥の娘なんですとさ」「御っかさんの甥の娘なんですか」「ええ。分ったでしょう」「いいえ。何だか混雑して要領を得ないですよ。詰るところ天璋院様の何になるんですか」「あなたもよっぽど分らないのね。だから天璋院様の御祐筆の妹の御嫁に行った先きの御っかさんの甥の娘なんだって、先（さ）っきっから言ってるんじゃありませんか」

「それはすっかり分っているんですがね」「それが分りさえすればいいんでしょう」「ええ」と仕方がないから降参をした。吾々は時とすると理詰の虚言(うそ)を吐かねばならぬ事がある。

障子の中で二絃琴の音がぱったりやむと、御師匠さんの声で「三毛や三毛や御飯だよ」と呼ぶ。三毛子は嬉しそうに「あら御師匠さんが呼んでいらっしゃるから、私し帰るわ、よくって?」わるいと云ったって仕方がない。「それじゃまた遊びにいらっしゃい」と鈴をちゃらちゃら鳴らして庭先までかけて行ったが急に戻って来て「あなた大変色が悪くってよ。どうかしやしなくって」と心配そうに問いかける。まさか雑煮を食って踊りを踊ったとも云われないから「何別段の事もありませんが、少し考え事をしたら頭痛がしてね。あなたと話しでもしたら直るだろうと思って実は出掛けて来たのですよ」「そう。御大事になさいまし。さようなら」少しは名残り惜し気に見えた。これで雑煮の元気もさっぱりと回復した。いい心持になった。帰りに例の茶園を通り抜けようと思って霜柱の融けかかったのを踏みつけながら建仁寺の崩れから顔を出すとまた車屋の黒が枯菊の上に背を山にして欠伸をしている。近頃は黒を見て恐怖するような吾輩ではないが、話しをされると面倒だから知らぬ顔をして行き過ぎようとした。黒の性質として他(ひと)が己れを軽侮したと認むるや否や決して黙っていない。「おい、名なしの権兵衛、近頃じゃ乙（おつ）う高く留ってるじゃあねえか。いくら教師の飯を食ったって、そんな高慢ちきな面らあするねえ。人つけ面白くもねえ」黒は吾輩の有名になったのを、まだ知らんと見える。説明してやりたいが到底分る奴ではないから、まず一応の挨拶をして出来得る限り早く御免蒙るに若（し）くはないと決心した。「いや黒君おめでとう。不相変（あいかわらず）元気がいいね」と尻尾を立てて左へくるりと廻わす。黒は尻尾を立てたぎり挨拶もしない。「何おめでてえ？　正月でおめでたけりゃ、御めえなんざあ年が年中おめでてえ方だろう。気をつけろい、この吹い子の向う面め」吹い子の向うづらという句は罵詈（ばり）の言語であるようだが、吾輩には了解が出来なかった。「ちょっと伺がうが吹い子の向うづらと云うのはどう云う意味かね」「へん、手めえが悪体（あくたい）をつかれてる癖に、その訳を聞きゃ世話あねえ、だから正月野郎だって事よ」正月野郎は詩的であるが、その意味に至ると吹い子の何とかよりも一層不明瞭な文句である。参考のためちょっと聞いておきたいが、聞いたって明瞭な答弁は得られぬに極まっているから、面と対ったまま無言で立っておった。いささか手持無沙汰の体である。すると突然黒のうちの神さんが大きな声を張り揚げて「おや棚へ上げて置いた鮭がない。大変だ。またあの黒の畜生が取ったんだよ。ほんとに憎らしい猫だっちゃありゃあしない。今に帰って来たら、どうするか見ていやがれ」と怒鳴る。初春の長閑な空気を無遠慮に震動させて、枝を鳴らさぬ君が御代を大に俗了」(ぞくりょう)してしまう。黒は怒鳴るなら、怒鳴りたいだけ怒鳴っていろと云わぬばかりに横着な顔をして、四角な顋(あご)を前へ出しながら、あれを聞いたかと合図をする。今までは黒との応対で気がつかなかったが、見ると彼の足の下には一切れ二銭三厘に相当する鮭の骨が泥だらけになって転がっている。「君不相変やってるな」と今までの行き掛りは忘れて、つい感投詞を奉呈した。黒はそのくらいな事ではなかなか機嫌を直さない。「何がやってるでえ、この野郎。しゃけの一切や二切で相変らずたあ何だ。人を見縊（みく）びった事をいうねえ。憚りながら車屋の黒だあ」と腕まくりの代りに右の前足を逆かに肩の辺まで掻き上げた。「君が黒君だと云う事は、始めから知ってるさ」「知ってるのに、相変らずやってるたあ何だ。何だてえ事よ」と熱いのを頻りに吹き懸ける。人間なら胸倉をとられて小突き廻されるところである。少々辟易して内心困った事になったなと思っていると、再び例の神さんの大声が聞える。「ちょいと西川さん、おい西川さんてば、用があるんだよこの人あ。牛肉を一斤すぐ持って来るんだよ。いいかい、分ったかい、牛肉の堅くないところを一斤だよ」と牛肉注文の声が四隣の寂寞を破る。「へん年に一遍牛肉を誂えると思って、いやに大きな声を出しゃあがらあ。牛肉一斤が隣り近所へ自慢なんだから始末に終えねえ阿魔（あま）だ」と黒は嘲りながら四つ足を踏張る。吾輩は挨拶のしようもないから黙って見ている。「一斤くらいじゃあ、承知が出来ねえんだが、仕方がねえ、いいから取っときゃ、今に食ってやらあ」と自分のために誂えたもののごとくいう。「今度は本当の御馳走だ。結構結構」と吾輩はなるべく彼を帰そうとする。「御めっちの知った事じゃねえ。黙っていろ。うるせえや」と云いながら突然後足で霜柱の崩れた奴を吾輩の頭へばさりと浴びせ掛ける。吾輩が驚ろいて、からだの泥を払っている間に黒は垣根を潜って、どこかへ姿を隠した。大方西川の牛を覘(ねらい)に行ったものであろう。

家へ帰ると座敷の中が、いつになく春めいて主人の笑い声さえ陽気に聞える。はてなと明け放した椽側から上って主人の傍へ寄って見ると見馴れぬ客が来ている。頭を奇麗に分けて、木綿の紋付の羽織に小倉の袴を着けて至極真面目そうな書生体の男である。主人の手あぶりの角を見ると春慶塗りの巻煙草入れと並んで越智東風（とうふう）を紹介致候（そろ）水島寒月という名刺があるので、この客の名前も、寒月君の友人であるという事も知れた。主客の対話は途中からであるから前後がよく分らんが、何でも吾輩が前回に紹介した美学者迷亭君の事に関しているらしい。

「それで面白い趣向があるから是非いっしょに来いとおっしゃるので」と客は落ちついて云う。「何ですか、その西洋料理へ行って午飯を食うのについて趣向があるというのですか」と主人は茶を続ぎ足して客の前へ押しやる。「さあ、その趣向というのが、その時は私にも分らなかったんですが、いずれあの方の事ですから、何か面白い種があるのだろうと思いまして……」「いっしょに行きましたか、なるほど」「ところが驚いたのです」主人はそれ見たかと云わぬばかりに、膝の上に乗った吾輩の頭をぽかと叩く。少し痛い。「また馬鹿な茶番見たような事なんでしょう。あの男はあれが癖でね」と急にアンドレア・デル・サルト事件を思い出す。「へへー。君何か変ったものを食おうじゃないかとおっしゃるので」「何を食いました」「まず献立を見ながらいろいろ料理についての御話しがありました」「誂らえない前にですか」「ええ」「それから」「それから首を捻ってボイの方を御覧になって、どうも変ったものもないようだなとおっしゃるとボイは負けぬ気で鴨のロースか小牛のチャップなどは如何ですと云うと、先生は、そんな月並を食いにわざわざここまで来やしないとおっしゃるんで、ボイは月並という意味が分らんものですから妙な顔をして黙っていましたよ」「そうでしょう」「それから私の方を御向きになって、君仏蘭西や英吉利（イギリス）へ行くと随分天明調や万葉調が食えるんだが、日本じゃどこへ行ったって版で圧（お）したようで、どうも西洋料理へ這入る気がしないと云うような大気燄（だいきえん）で

――全体あの方は洋行なすった事があるのですかな」「何迷亭が洋行なんかするもんですか、そりゃ金もあり、時もあり、行こうと思えばいつでも行かれるんですがね。大方これから行くつもりのところを、過去に見立てた洒落なんでしょう」と主人は自分ながらうまい事を言ったつもりで誘い出し笑をする。客はさまで感服した様子もない。「そうですか、私はまたいつの間に洋行なさったかと思って、つい真面目に拝聴していました。それに見て来たようになめくじのソップの御話や蛙のシチュの形容をなさるものですから」「そりゃ誰かに聞いたんでしょう、うそをつく事はなかなか名人ですからね」「どうもそうのようで」と花瓶の水仙を眺める。少しく残念の気色にも取られる。「じゃ趣向というのは、それなんですね」と主人が念を押す。「いえそれはほんの冒頭なので、本論はこれからなのです」「ふーん」と主人は好奇的な感投詞を挟む。「それから、とてもなめくじや蛙は食おうっても食えやしないから、まあトチメンボーくらいなところで負けとく事にしようじゃないか君と御相談なさるものですから、私はつい何の気なしに、それがいいでしょう、といってしまったので」「へー、とちめんぼうは妙ですな」「ええ全く妙なのですが、先生があまり真面目だものですから、つい気がつきませんでした」とあたかも主人に向って麁忽（そこつ）を詫びているように見える。「それからどうしました」と主人は無頓着に聞く。客の謝罪には一向同情を表しておらん。「それからボイにおいトチメンボーを二人前持って来いというと、ボイがメンチボーですかと聞き直しましたが、先生はますます真面目な貌でメンチボーじゃないトチメンボーだと訂正されました」「なある。そのトチメンボーという料理は一体あるんですか」「さあ私も少しおかしいとは思いましたがいかにも先生が沈着であるし、その上あの通りの西洋通でいらっしゃるし、ことにその時は洋行なすったものと信じ切っていたものですから、私も口を添えてトチメンボーだトチメンボーだとボイに教えてやりました」「ボイはどうしました」「ボイがね、今考えると実に滑稽なんですがね、しばらく思案していましてね、はなはだ御気の毒様ですが今日はトチメンボーは御生憎様でメンチボーなら御二人前すぐに出来ますすと云うと、先生は非常に残念な様子で、それじゃせっかくここまで来た甲斐がない。どうかトチメンボーを都合して食わせてもらう訳には行くまいかと、ボイに二十銭銀貨をやられると、ボイはそれではともかくも料理番と相談して参りましょうと奥へ行きましたよ」
「大変トチメンボーが食いたかったと見えますね」
「しばらくしてボイが出て来て真に御生憎で、御誂（おあつらえ）ならこしらえますが少々時間がかかります、と云うと迷亭先生は落ちついたもので、どうせ我々は正月でひまなんだから、少し待って食って行こうじゃないかと云いながらポッケットから葉巻を出してぷかりぷかり吹かし始められたので、私しも仕方がないから、懐から日本新聞を出して読み出しました、するとボイはまた奥へ相談に行きましたよ」「いやに手数が掛りますな」と主人は戦争の通信を読むくらいの意気込で席を前(すす)める。「するとボイがまた出て来て、近頃はトチメンボーの材料が払底で亀屋へ行っても横浜の十五番へ行っても買われませんから当分の間は御生憎様でと気の毒そうに云うと、先生はそりゃ困ったな、せっかく来たのになあと私の方を御覧になってしきりに繰り返さるるので、私も黙っている訳にも参りませんから、どうも遺憾ですな、遺憾極るですなと調子を合せたのです」「ごもっともで」と主人が賛成する。何がごもっともだか吾輩にはわからん。「するとボイも気の毒だと見えて、その内材料が参りましたら、どうか願いますってんでしょう。先生が材料は何を使うかねと問われるとボイはへへへへと笑って返事をしないんです。材料は日本派の俳人だろうと先生が押し返して聞くとボイはへえさようで、それだものだから近頃は横浜へ行っても買われませんので、まことにお気の毒様と云いましたよ」「アハハハそれが落ちなんですか、こりゃ面白い」と主人はいつになく大きな声で笑う。膝が揺れて吾輩は落ちかかる。主人はそれにも頓着なく笑う。アンドレア・デル・サルトに罹ったのは自分一人でないと云う事を知ったので急に愉快になったものと見える。

「それから二人で表へ出ると、どうだ君うまく行ったろう、橡面坊（とちめんぼう）を種に使ったところが面白かろうと大得意なんです。敬服の至りですと云って御別れしたようなものの実は午飯の時刻が延びたので大変空腹になって弱りましたよ」

「それは御迷惑でしたろう」と主人は始めて同情を表する。これには吾輩も異存はない。しばらく話しが途切れて吾輩の咽喉を鳴らす音が主客の耳に入る。

　東風君は冷めたくなった茶をぐっと飲み干して「実は今日参りましたのは、少々先生に御願があって参ったので」と改まる。「はあ、何か御用で」と主人も負けずに済ます。「御承知の通り、文学美術が好きなものですから……」「結構で」と油を注す。「同志だけがよりましてせんだってから朗読会というのを組織しまして、毎月一回会合してこの方面の研究をこれから続けたいつもりで、すでに第一回は去年の暮に開いたくらいであります」「ちょっと伺っておきますが、朗読会と云うと何か節奏（ふし）でも附けて、詩歌文章の類を読むように聞えますが、一体どんな風にやるんです」「まあ初めは古人の作からはじめて、追々は同人の創作なんかもやるつもりです」「古人の作というと白楽天の琵琶行（びわこう）のようなものででもあるんですか」「いいえ」「蕪村の春風馬提曲（しゅんぷうばていきょく）の種類ですか」「いいえ」「それじゃ、どんなものをやったんです」「せんだっては近松の心中物をやりました」「近松？　あの浄瑠璃の近松ですか」近松に二人はない。近松といえば戯曲家の近松に極っている。それを聞き直す主人はよほど愚だと思っていると、主人は何にも分らずに吾輩の頭を叮嚀に撫でている。藪睨みから惚れられたと自認している人間もある世の中だからこのくらいの誤謬（ごびゅう）は決して驚くに足らんと撫でらるるがままにすましていた。「ええ」と答えて東風子（とうふうし）は主人の顔色を窺う。「それじゃ一人で朗読するのですか、または役割を極めてやるんですか」「役を極めて懸合（かけあい）でやって見ました。その主意はなるべく作中の人物に同情を持ってその性格を発揮するのを第一として、それに手真似や身振りを添えます。白（せりふ）はなるべくその時代の人を写し出すのが主で、御嬢さんでも丁稚でも、その人物が出てきたようにやるんです」「じゃ、まあ芝居見たようなものじゃありませんか」「ええ衣装と書割がないくらいなものですな」「失礼ながらうまく行きますか」「まあ第一回としては成功した方だと思います」「それでこの前やったとおっしゃる心中物というと」「その、船頭が御客を乗せて芳原へ行く所なんで」「大変な幕をやりましたな」と教師だけにちょっと首を傾ける。鼻から吹き出した日の出の煙りが耳を掠めて顔の横手へ廻る。「なあに、そんなに大変な事もないんです。登場の人物は御客と、船頭と、花魁《おいらん》と仲居と遣手《やりて》と見番《けんばん》だけですから」と東風子は平気なものである。主人は花魁という名をきいてちょっと苦い顔をしたが、仲居、遣手、見番という術語について明瞭の智識がなかったと見えてまず質問を呈出した。「仲居というのは娼家の下婢（かひ）にあたるものですかな」「まだよく研究はして見ませんが仲居は茶屋の下女で、遣手というのが女部屋の助役見たようなものだろうと思います」東風子はさっき、その人物が出て来るように仮色（こわいろ）を使うと云った癖に遣手や仲居の性格をよく解しておらんらしい。「なるほど仲居は茶屋に隷属するもので、遣手は娼家に起臥（きが）する者ですね。次に見番と云うのは人間ですかまたは一定の場所を指すのですか、もし人間とすれば男ですか女ですか」「見番は何でも男の人間だと思います」「何を司どっているんですかな」「さあそこまではまだ調べが届いておりません。その内調べて見ましょう」これで懸合をやった日には頓珍漢なものが出来るだろうと吾輩は主人の顔をちょっと見上げた。主人は存外真面目である。「それで朗読家は君のほかにどんな人が加わったんですか」「いろいろおりました。花魁が法学士のＫ君でしたが、口髯を生やして、女の甘ったるいせりふを使かうのですからちょっと妙でした。それにその花魁が癪を起すところがあるので……」「朗読でも癪を起さなくっちゃ、いけないんですか」と主人は心配そうに尋ねる。「ええとにかく表情が大事ですから」と東風子はどこまでも文芸家の気でいる。「うまく癪が起りましたか」と主人は警句を吐く。「癪だけは第一回には、ちと無理でした」と東風子も警句を吐く。「ところで君は何の役割でした」と主人が聞く。「私しは船頭」「へー、君が船頭」君にして船頭が務まるものなら僕も見番くらいはやれると云ったような語気を洩らす。やがて「船頭は無理でしたか」と御世辞のないところを打ち明ける。東風子は別段癪に障った様子もない。やはり沈着な口調で「その船頭でせっかくの催しも竜頭蛇尾に終りました。実は会場の隣りに女学生が四五人下宿していましてね、それがどうして聞いたものか、その日は朗読会があるという事を、どこかで探知して会場の窓下へ来て傍聴していたものと見えます。私しが船頭の仮色を使って、ようやく調子づいてこれなら大丈夫と思って得意にやっていると、……つまり身振りがあまり過ぎたのでしょう、今まで耐（こ）らえていた女学生が一度にわっと笑いだしたものですから、驚ろいた事も驚ろいたし、極りが悪るい事も悪るいし、それで腰を折られてから、どうしても後がつづけられないので、とうとうそれ限りで散会しました」第一回としては成功だと称する朗読会がこれでは、失敗はどんなものだろうと想像すると笑わずにはいられない。覚えず咽喉仏がごろごろ鳴る。主人はいよいよ柔かに頭を撫でてくれる。人を笑って可愛がられるのはありがたいが、いささか無気味なところもある。「それは飛んだ事で」

と主人は正月早々弔詞を述べている。「第二回からは、もっと奮発して盛大にやるつもりなので、今日出ましたのも全くそのためで、実は先生にも一つ御入会の上御尽力を仰ぎたいので」「僕にはとても癪なんか起せませんよ」と消極的の主人はすぐに断わりかける。「いえ、癪などは起していただかんでもよろしいので、ここに賛助員の名簿が」と云いながら紫の風呂敷から大事そうに小菊版の帳面を出す。「これへどうか御署名の上御捺印を願いたいので」と帳面を主人の膝の前へ開いたまま置く。見ると現今知名な文学博士、文学士連中の名が行儀よく勢揃(せいぞろい)をしている。「はあ賛成員にならん事もありませんが、どんな義務があるのですか」と牡蠣先生は掛念(けねん)の体に見える。「義務と申して別段是非願う事もないくらいで、ただ御名前だけを御記入下さって賛成の意さえ御表し被下(くださ)ればそれで結構です」「そんなら這入ります」と義務のかからぬ事を知るや否や主人は急に気軽になる。責任さえないと云う事が分っておれば謀叛の連判状へでも名を書き入れますと云う顔付をする。加之（のみならず）こう知名の学者が名前を列（つら）ねている中に姓名だけでも入籍させるのは、今までこんな事に出合った事のない主人にとっては無上の光栄であるから返事の勢のあるのも無理はない。「ちょっと失敬」と主人は書斎へ印をとりに這入る。吾輩はぼたりと畳の上へ落ちる。東風子は菓子皿の中のカステラをつまんで一口に頬張る。モゴモゴしばらくは苦しそうである。吾輩は今朝の雑煮事件をちょっと思い出す。主人が書斎から印形（いんぎょう）を持って出て来た時は、東風子の胃の中にカステラが落ちついた時であった。主人は菓子皿のカステラが一切足りなくなった事には気が着かぬらしい。もし気がつくとすれば第一に疑われるものは吾輩であろう。

東風子が帰ってから、主人が書斎に入って机の上を見ると、いつの間にか迷亭先生の手紙が来ている。

「新年の御慶目出度申納候（ぎょけいめでたくもうしおさめそろ）。……」

いつになく出が真面目だと主人が思う。迷亭先生の手紙に真面目なのはほとんどないので、この間などは「其後（そのご）別に恋着せる婦人も之無（これなく）、いず方より艶書も参らず、先ず先ず無事に消光罷り在り候間、乍憚（はばかりながら）

御休心可被下候（くださるべくそろ）」と云うのが来たくらいである。それに較べるとこの年始状は例外にも世間的である。

「一寸参堂仕り度（たく）候えども、大兄の消極主義に反して、出来得る限り積極的方針を以て、此千古未曾有の新年を迎うる計画故、毎日毎日目の廻る程の多忙、御推察願上候……」

なるほどあの男の事だから正月は遊び廻るのに忙がしいに違いないと、主人は腹の中で迷亭君に同意する。

「昨日は一刻のひまを偸（ぬすみ）み、東風子にトチメンボーの御馳走を致さんと存じ候処、生憎材料払底の為め其意を果さず、遺憾千万に存候。……」

そろそろ例の通りになって来たと主人は無言で微笑する。

「明日は某男爵の歌留多会、明後日は審美学協会の新年宴会、其明日は鳥部教授歓迎会、其又明日は……」

うるさいなと、主人は読みとばす。

「右の如く謡曲会、俳句会、短歌会、新体詩会等、会の連発にて当分の間は、のべつ幕無しに出勤致し候為め、不得已（やむをえず）賀状を以て拝趨（はいすう）の礼に易（か）え候段不悪（あしからず）御宥恕（ごゆうじょ）被下度候。……」

別段くるにも及ばんさと、主人は手紙に返事をする。

「今度御光来の節は久し振りにて晩餐でも供し度

（たき）心得に御座候。寒厨（かんちゅう）何の珍味も無之候（これなくそうら）えども、せめてはトチメンボーでもと只今より心掛居（おり）候。……」

まだトチメンボーを振り廻している。失敬なと主人はちょっとむっとする。

「然（しか）しトチメンボーは近頃材料払底の為め、ことに依ると間に合い兼候（かねそろ）も計りがたきにつき、其節は孔雀の舌でも御風味に入れ可申（もうすべく）候。……」

両天秤をかけたなと主人は、あとが読みたくなる。

「御承知の通り孔雀一羽につき、舌肉の分量は小指の半ばにも足らぬ程故健啖なる大兄の胃嚢（いぶくろ）を充たす為には……」

うそをつけと主人は打ち遣ったようにいう。

「是非共二三十羽の孔雀を捕獲致さざる可（べか）らずと存（ぞんじ）候。然る所孔雀は動物園、浅草花屋敷等には、ちらほら見受け候えども、普通の鳥屋抔（など）には一向見当り不申（もうさず）、苦心此事に御座候。……」

独りで勝手に苦心しているのじゃないかと主人は毫も感謝の意を表しない。

「此孔雀の舌の料理は往昔（おうせき）羅馬（ローマ）全盛の砌（みぎ）り、一時非常に流行致し候ものにて、豪奢風流の極度と平生よりひそかに食指を動かし居候次第御諒察（ごりょうさつ）可被下候。……」

何が御諒察だ、馬鹿なと主人はすこぶる冷淡である。

「降って十六七世紀の頃迄は全欧を通じて孔雀は宴席に欠くべからざる好味と相成（あいなり）居候。レスター伯がエリザベス女皇（じょこう）をケニルウォースに招待致し候節（せつ）も慥（たし）か孔雀を使用致し候様（よう）記憶致（いたし）候。有名なるレンブラントが画（えが）き候饗宴の図にも孔雀が尾を広げたる儘（まま）卓上に横（よこた）わり居り候……」

孔雀の料理史をかくくらいなら、そんなに多忙でもなさそうだと不平をこぼす。

「とにかく近頃の如く御馳走の食べ続けにては、さすがの小生も遠からぬうちに大兄の如く胃弱と相成るは必定……」

大兄のごとくは余計だ。何も僕を胃弱の標準にしなくても済むと主人はつぶやいた。

「歴史家の説によれば羅馬人は日に二度三度も宴

会を開き候由（よし）。日に二度も三度も方丈の食饌（しょくせん）に就き候えば如何なる健胃の人にても消化機能に不調を醸すべく、従って自然は大兄の如く……」

また大兄のごとくか、失敬な。

「然るに贅沢と衛生とを両立せしめんと研究を尽したる彼等は不相当に多量の滋味を貪ると同時に胃腸を常態に保持するの必要を認め、ここに一の秘法を案出致し候……」

はてねと主人は急に熱心になる。

「彼等は食後必ず入浴致候。入浴後一種の方法によりて浴前（よくぜん）に嚥下せるものを悉く嘔吐し、胃内を掃除致し候。胃内廓清（いないかくせい）の功を奏したる後又食卓に就き、飽く迄珍味を風好（ふうこう）し、風好し了（おわ）れば又湯に入りて之を吐出致候。かくの如くすれば好物は貪ぼり次第貪り候も寸毫も内臓の諸機関に障害を生ぜず、一挙両得とは此等の事を可申かと愚考致候……」

なるほど一挙両得に相違ない。主人は羨ましそうな顔をする。

「廿世紀の今日交通の頻繁、宴会の増加は申す迄もなく、軍国多事征露の第二年とも相成候折柄（おりから）、吾人戦勝国の国民は、是非共羅馬人に倣（なら）って此入浴嘔吐の術を研究せざるべからざる機会に到着致し候事と自信致候。左（さ）もなくば切角（せっかく）の大国民も近き将来に於て悉く大兄の如く胃病患者と相成る事と窃（ひそ）かに心痛罷りあり候……」

また大兄のごとくか、癪に障る男だと主人が思う。

「此際吾人西洋の事情に通ずる者が古史伝説を考究し、既に廃絶せる秘法を発見し、之を明治の社会に応用致し候わば所謂（いわば）禍を未萌（みほう）に防ぐの功徳にも相成り平素逸楽を擅（ほしいまま）に致し候御恩返も相立ち可申と存候……」

何だか妙だなと首を捻る。

「依（よっ）て此間中（じゅう）よりギボン、モンセン、スミス等諸家の著述を渉猟致し居候えども未だに発見の端緒をも見出（みいだ）し得ざるは残念の至に存候。然し御存じの如く小生は一度思い立ち候事は成功するまでは決して中絶仕（つかまつ）らざる性質に候えば嘔吐方（おうとほう）を再興致し候も遠からぬうちと信じ居り候次第。右は発見次第御報道可仕候（つかまつるべくそろ）につき、左様御承知可被下候。就（つい）てはさきに申上候トチメンボー及び孔雀の舌の御馳走も可相成は右発見後に致し度、左すれば小生の都合は勿論、既に胃弱に悩み居らるる大兄の為にも御便宜かと存候草々不備」

何だとうとう担がれたのか、あまり書き方が真面目だものだからつい仕舞まで本気にして読んでいた。新年怱々（そうそう）こんな悪戯をやる迷亭はよっぽどひま人だなあと主人は笑いながら云った。

それから四五日は別段の事もなく過ぎ去った。白磁の水仙がだんだん凋（しぼ）んで、青軸の梅が瓶ながらだんだん開きかかるのを眺め暮らしてばかりいてもつまらんと思って、一両度（いちりょうど）三毛子を訪問して見たが逢われない。最初は留守だと思ったが、二返目（へんめ）には病気で寝ているという事が知れた。障子の中で例の御師匠さんと下女が話しをしているのを手水鉢の葉蘭の影に隠れて聞いているとこうであった。

「三毛は御飯をたべるかい」「いいえ今朝からまだ何にも食べません、あったかにして御火燵（おこた）に寝かしておきました」何だか猫らしくない。まるで人間の取扱を受けている。

　一方では自分の境遇と比べて見て羨ましくもあるが、一方では己が愛している猫がかくまで厚遇を受けていると思えば嬉しくもある。

「どうも困るね、御飯をたべないと、身体が疲れるばかりだからね」「そうでございますとも、私共でさえ一日御饍（ごぜん）をいただかないと、明くる日はとても働けませんもの」

下女は自分より猫の方が上等な動物であるような返事をする。実際この家では下女より猫の方が大切かも知れない。

「御医者様へ連れて行ったのかい」「ええ、あの御医者はよっぽど妙でございますよ。私が三毛をだいて診察場へ行くと、風邪でも引いたのかって私の脈をとろうとするんでしょう。いいえ病人は私ではございません。これですって三毛を膝の上へ直したら、にやにや笑いながら、猫の病気はわしにも分らん、抛っておいたら今に癒（なお）るだろうってんですもの、あんまり苛（ひど）いじゃございませんか。腹が立ったから、それじゃ見ていただかなくってもようございますこれでも大事の猫なんですって、三毛を懐へ入れてさっさと帰って参りました」「ほんにねえ」

「ほんにねえ」は到底吾輩のうちなどで聞かれる

言葉ではない。やはり天璋院様の何とかの何とかでなくては使えない、はなはだ雅であると感心した。

「何だかしくしくしく云うようだが……」「ええきっと風邪を引いて咽喉が痛むんでございますよ。風邪を引くと、どなたでも御咳が出ますからね……」

天璋院様の何とかの何とかの下女だけに馬鹿叮嚀な言葉を使う。

「それに近頃は肺病とか云うものが出来てのう」

「ほんとにこの頃のように肺病だのペストだのって新しい病気ばかり殖（ふ）えた日にゃ油断も隙もなりゃしませんのでございますよ」「旧幕時代に無い者に碌な者はないから御前も気をつけないといかんよ」「そうでございましょうかねえ」

下女は大に感動している。

「風邪を引くといってもあまり出あるきもしないようだったに……」「いえね、あなた、それが近頃は悪い友達が出来ましてね」

下女は国事の秘密でも語る時のように大得意である。

「悪い友達?」「ええあの表通りの教師の所にいる薄ぎたない雄猫でございますよ」「教師と云うのは、あの毎朝無作法な声を出す人かえ」「ええ顔を洗うたんびに鵝鳥(がちょう)が絞め殺されるような声を出す人でござんす」

鵝鳥が絞め殺されるような声はうまい形容である。吾輩の主人は毎朝風呂場で含嗽(うがい)をやる時、楊枝で咽喉をつっ突いて妙な声を無遠慮に出す癖がある。機嫌の悪い時はやけにがあがあやる、機嫌の好い時は元気づいてなおがあがあやる。つまり機嫌のいい時も悪い時も休みなく勢よくがあがあやる。細君の話しではここへ引越す前まではこんな癖はなかったそうだが、ある時ふとやり出してから今日まで一日もやめた事がないという。ちょっと厄介な癖であるが、なぜこんな事を根気よく続けているのか吾等猫などには到底想像もつかん。それもまず善いとして「薄ぎたない猫」とは随分酷評をやるものだとなお耳を立ててあとを聞く。

「あんな声を出して何の呪（まじな）いになるか知らん。御維新前は中間（ちゅうげん）でも草履取りでも相応の作法は心得たもので、屋敷町などで、あんな顔の洗い方をするものは一人もおらなかったよ」「そうでございましょうともねえ」

下女は無暗に感服しては、無暗にねえを使用する。

「あんな主人を持っている猫だから、どうせ野良猫さ、今度来たら少し叩いておやり」「叩いてやりますとも、三毛の病気になったのも全くあいつの御蔭に相違ございませんもの、きっと讐(かたき)をとってやります」

飛んだ冤罪を蒙ったものだ。こいつは滅多に近か寄れないと三毛子にはとうとう逢わずに帰った。帰って見ると主人は書斎の中で何か沈吟の体で筆を執っている。二絃琴の御師匠さんの所で聞いた評判を話したら、さぞ怒るだろうが、知らぬが仏とやらで、うんうん云いながら神聖な詩人になりすましている。

ところへ当分多忙で行かれないと云って、わざわざ年始状をよこした迷亭君が飄然とやって来る。「何か新体詩でも作っているのかね。面白いのが出来たら見せたまえ」と云う。「うん、ちょっとうまい文章だと思ったから今翻訳して見ようと思ってね」と主人は重たそうに口を開く。「文章？　誰れの文章だい」「誰れのか分らんよ」「無名氏か、無名氏の作にも随分善いのがあるからなかなか馬鹿に出来ない。全体どこにあったのか」と問う。「第二読本」と主人は落ちつきはらって答える。「第二読本？　第二読本がどうしたんだ」「僕の翻訳している名文と云うのは第二読本の中にあると云う事さ」「冗談じゃない。孔雀の舌の讐を際どいところで討とうと云う寸法なんだろう」「僕は君のような法螺吹きとは違うさ」と口髭を捻る。泰然たるものだ。「昔しある人が山陽に、先生近頃名文はござらぬかといったら、山陽が馬子の書いた借金の催促状を示して近来の名文はまずこれでしょうと云ったという話があるから、君の審美眼も存外たしかかも知れん。どれ読んで見給え、僕が批評してやるから」と迷亭先生は審美眼の本家のような事を云う。主人は禅坊主が大燈国師（だいとうこくし）の遺誡を読むような声を出して読み始める。「巨人、引力」「何だいその巨人引力と云うのは」「巨人引力と云う題さ」「妙な題だな、僕には意味がわからんね」「引力と云う名を持っている巨人というつもりさ」「少し無理なつもりだが表題だからまず負けておくとしよう。それから早々本文を読むさ、君は声が善いからなかなか面白い」「雑（ま）ぜかえしてはいかんよ」と予じめ念を押してまた読み始める。

ケートは窓から外面を眺める。小児が球を投げて遊んでいる。彼等は高く球を空中に擲(なげう)つ。球は上へ上へとのぼる。しばらくすると落ちて来る。彼等はまた球を高く擲つ。再び三度。擲つたびに球は落ちてくる。なぜ落ちるのか、なぜ上へ上へとのみのぼらぬかとケートが聞く。「巨人が地中に住む故に」と母が答える。「彼は巨人引力である。彼は強い。彼は万物を己れの方へと引く。彼は家屋を地上に引く。引かねば飛んでしまう。小児も飛んでしまう。葉が落ちるのを見たろう。あれは巨人引力が呼ぶのである。本を落す事があろう。巨人引力が来いというからである。球が空にあがる。巨人引力は呼ぶ。呼ぶと落ちてくる」

「それぎりかい」「むむ、甘（うま）いじゃないか」「いやこれは恐れ入った。飛んだところでトチメンボーの御返礼に預った」「御返礼でもなんでもないさ、実際うまいから訳して見たのさ、君はそう思わんかね」と金縁の眼鏡の奥を見る。「どうも驚ろいたね。君にしてこの伎倆（ぎりょう）あらんとは、全く此度（こんど）という今度担がれたよ、降参降参」と一人で承知して一人で喋舌（しゃべ）る。主人には一向通じない。「何も君を降参させる考えはないさ。ただ面白い文章だと思ったから訳して見たばかりさ」「いや実に面白い。そう来なくっちゃ本ものでない。凄いものだ。恐縮だ」「そんなに恐縮するには及ばん。僕も近頃は水彩画をやめたから、その代りに文章でもやろうと思ってね」「どうして遠近無差別黒白（こくびゃく）平等の水彩画の比じゃない。感服の至りだよ」「そうほめてくれると僕も乗り気になる」と主人はあくまでも疳違（かんちが）いをしている。

ところへ寒月君が先日は失礼しましたと這入って来る。「いや失敬。今大変な名文を拝聴してトチメンボーの亡魂を退治られたところで」と迷亭先生は訳のわからぬ事をほのめかす。「はあ、そうですか」とこれも訳の分らぬ挨拶をする。主人だけは左のみ浮かれた気色もない。「先日は君の紹介で越智東風（とうふう）と云う人が来たよ」「ああ上りましたか、あの越智東風（こち）と云う男は至って正直な男ですが少し変っているところがあるので、あるいは御迷惑かと思いましたが、是非紹介してくれというものですから……」「別に迷惑の事もないがね……」「こちらへ上っても自分の姓名のことについて何か弁じて行きゃしませんか」「いいえ、そんな話もなかったようだ」「そうですか、どこへ行っても初対面の人には自分の名前の講釈をするのが癖でしてね」「どんな講釈をするんだい」と事あれかしと待ち構えた迷亭君は口を入れる。「あの東風と云うのを音（おん）で読まれると大変気にするので」「はてね」と迷亭先生は金唐皮（きんからかわ）の煙草入から煙草をつまみ出す。「私しの名は越智東風（とうふう）ではありません、越智こちですと必ず断りますよ」「妙だね」と雲井を腹の底まで呑み込む。「それが全く文学熱から来たので、こちと読むと遠近（おちこち）と云う成語になる、のみならずその姓名が韻を踏んでいると云うのが得意なんです。それだから東風を音で読むと僕がせっかくの苦心を人が買ってくれないといって不平を云うのです」「こりゃなるほど変ってる」と迷亭先生は図に乗って腹の底から雲井を鼻の孔まで吐き返す。途中で煙が戸迷（とまど）いをして咽喉の出口へ引きかかる。先生は煙管を握ってごほんごほんと咽（むせ）び返る。「先日来た時は朗読会で船頭になって女学生に笑われたといっていたよ」と主人は笑いながら云う。「うむそれそれ」と迷亭先生が煙管で膝頭を叩く。吾輩は険呑になったから少し傍を離れる。「その朗読会さ。せんだってトチメンボーを御馳走した時にね。その話しが出たよ。何でも第二回には知名の文士を招待して大会をやるつもりだから、先生にも是非御臨席を願いたいって。それから僕が今度も近松の世話物をやるつもりかいと聞くと、いえこの次はずっと新しい者を撰んで金色夜叉にしましたと云うから、君にゃ何の役が当ってるかと聞いたら私は御宮ですといったのさ。東風の御宮は面白かろう。僕は是非出席して喝采しようと思ってるよ」「面白いでしょう」と寒月君が妙な笑い方をする。「しかしあの男はどこまでも誠実で軽薄なところがないから好い。迷亭などとは大違いだ」と主人はアンドレア・デル・サルトと孔雀の舌とトチメンボーの復讐（かたき）を一度にとる。迷亭君は気にも留めない様子で「どうせ僕などは行徳（ぎょうとく）の俎（まないた）と云う格だからなあ」と笑う。「まずそんなところだろう」と主人が云う。実は行徳の俎と云う語を主人は解さないのであるが、さすが永年教師をして誤魔化しつけているものだから、こんな時には教場の経験を社交上にも応用するのである。「行徳の俎というのは何の事ですか」と寒月が真率に聞く。主人は床の方を見て「あの水仙は暮に僕が風呂の帰りがけに買って来て挿したのだが、よく持つじゃないか」と行徳の俎を無理にねじ伏せる。「暮といえば、去年の暮に僕は実に不思議な経験をしたよ」と迷亭が煙管を大神楽のごとく指の尖（さき）で廻わす。「どんな経験か、聞かし玉（たま）え」と主人は行徳の俎を遠く後に見捨てた気で、ほっと息をつく。迷亭先生の不思議な経験というのを聞くと左のごとくである。

「たしか暮の二十七日と記憶しているがね。例の東風から参堂の上是非文芸上の御高話を伺いたいから御在宿を願うと云う先き触れがあったので、朝から心待ちに待っていると先生なかなか来ないやね。昼飯を食ってストーブの前でバリー・ペーンの滑稽物を読んでいるところへ静岡の母から手紙が来たから見ると、年寄だけにいつまでも僕を小供のように思ってね。寒中は夜間外出をするなとか、冷水浴もいいがストーブを焚いて室（へや）を煖（あたた）かにしてやらないと風邪を引くとかいろいろの注意があるのさ。なるほど親はありがたいものだ、他人ではとてもこうはいかないと、呑気な僕もその時だけは大に感動した。それにつけても、こんなにのらくらしていては勿体ない。何か大著述でもして家名を揚げなくてはならん。母の生きているうちに天下をして明治の文壇に迷亭先生あるを知らしめたいと云う気になった。それからなお読んで行くと御前なんぞは実に仕合せ者だ。露西亜（ロシア）と戦争が始まって若い人達は大変な辛苦をして御国のために働らいているのに節季師走でもお正月のように気楽に遊んでいると書いてある。——僕はこれでも母の思ってるように遊んじゃいないやね——そのあとへ以て、僕の小学校時代の朋友で今度の戦争に出て死んだり負傷したものの名前が列挙してあるのさ。その名前を一々読んだ時には何だか世の中が味気なくなって人間もつまらないと云う気が起ったよ。一番仕舞にね。私しも取る年に候えば初春の御雑煮を祝い候も今度限りかと……何だか心細い事が書いてあるんで、なおのこと気がくさくさしてしまって早く東風が来れば好いと思ったが、先生どうしても来ない。そのうちとうとう晩飯になったから、母へ返事でも書こうと思ってちょいと十二三行かいた。母の手紙は六尺以上もあるのだが僕にはとてもそんな芸は出来んから、いつでも十行内外で御免蒙る事に極めてあるのさ。すると一日動かずにおったものだから、胃の具合が妙で苦しい。東風が来たら待たせておけと云う気になって、郵便を入れながら散歩に出掛けたと思い給え。いつになく富士見町の方へは足が向かないで土手三番町の方へ我れ知らず出てしまった。ちょうどその晩は少し曇って、から風が御濠の向うから吹き付ける、非常に寒い。神楽坂（かぐらざか）の方から汽車がヒューと鳴って土手下を通り過ぎる。大変淋しい感じがする。暮、戦死、老衰、無常迅速などと云う奴が頭の中をぐるぐる馳け廻る。よく人が首を縊ると云うがこんな時にふと誘われて死ぬ気になるのじゃないかと思い出す。ちょいと首を上げて土手の上を見ると、いつの間にか例の松の真下に来ているのさ」

「例の松た、何だい」と主人が断句（だんく）を投げ入れる。

「首懸（くびかけ）の松さ」と迷亭は領（えり）を縮める。

「首懸の松は鴻（こう）の台でしょう」寒月が波紋をひろげる。

「鴻の台のは鐘懸（かねかけ）の松で、土手三番町のは首懸の松さ。なぜこう云う名が付いたかと云うと、昔しからの言い伝えで誰でもこの松の下へ来ると首が縊りたくなる。土手の上に松は何十本となくあるが、そら首縊りだと来て見ると必ずこの松へぶら下がっている。年に二三返はきっとぶら下がっている。どうしても他の松では死ぬ気にならん。見ると、うまい具合に枝が往来の方へ横に出ている。ああ好い枝振りだ。あのままにしておくのは惜しいものだ。どうかしてあすこの所へ人間を下げて見たい、誰か来ないかしらと、四辺（あたり）を見渡すと生憎誰も来ない。仕方がない、自分で下がろうか知らん。いやいや自分が下がっては命がない、危ないからよそう。しかし昔の希臘（ギリシャ）人は宴会の席で首縊りの真似をして余興を添えたと云う話しがある。一人が台の上へ登って縄の結び目へ首を入れる途端に他のものが台を蹴返す。首を入れた当人は台を引かれると同時に縄をゆるめて飛び下りるという趣向である。果してそれが事実なら別段恐るるにも及ばん、僕も一つ試みようと枝へ手を懸けて見ると好い具合に撓（しわ）る。撓り按排（あんばい）が実に美的である。首がかかってふわふわするところを想像して見ると嬉しくてたまらん。是非やる事にしようと思ったが、もし東風が来て待っていると気の毒だと考え出した。それではまず東風に逢って約束通り話しをして、それから出直そうと云う気になってついにうちへ帰ったのさ」

「それで市（いち）が栄えたのかい」と主人が聞く。

「面白いですな」と寒月がにやにやしながら云う。

「うちへ帰って見ると東風は来ていない。しかし今日は無拠処（よんどころなき）差支えがあって出られぬ、いずれ永日御面晤（めんご）を期すという端書があったので、やっと安心して、これなら心置きなく首が縊れる嬉しいと思った。で早速下駄を引き懸けて、急ぎ足で元の所へ引き返して見る……」と云って主人と寒月の顔を見てすましている。

「見るとどうしたんだい」と主人は少し焦れる。

「いよいよ佳境に入りますね」と寒月は羽織の紐をひねくる。

「見ると、もう誰か来て先へぶら下がっている。たった一足違いでねえ君、残念な事をしたよ。考えると何でもその時は死神に取り着かれたんだね。ゼームスなどに云わせると副意識下の幽冥界と僕が存在している現実界が一種の因果法によって互に感応したんだろう。実に不思議な事があるものじゃないか」迷亭はすまし返っている。

主人はまたやられたと思いながら何も云わずに空也餅を頬張って口をもごもご云わしている。

寒月は火鉢の灰を丁寧に掻き馴らして、俯向いてにやにや笑っていたが、やがて口を開く。極めて静かな調子である。

「なるほど伺って見ると不思議な事でちょっと有

りそうにも思われませんが、私などは自分でやはり似たような経験をつい近頃したものですから、少しも疑がう気になりません」

「おや君も首を縊りたくなったのかい」

「いえ私のは首じゃないんで。これもちょうど明ければ昨年の暮の事でしかも先生と同日同刻くらいに起った出来事ですからなおさら不思議に思われます」

「こりゃ面白い」と迷亭も空也餅を頬張る。

「その日は向島の知人の家で忘年会兼合奏会がありまして、私もそれへヴァイオリンを携えて行きました。十五六人令嬢やら令夫人が集ってなかなか盛会で、近来の快事と思うくらいに万事が整っていました。晩餐もすみ合奏もすんで四方（よも）の話しが出て時刻も大分遅くなったから、もう暇乞いをして帰ろうかと思っていますと、某博士の夫人が私のそばへ来てあなたは○○子さんの御病気を御承知ですかと小声で聞きますので、実はその両三日前に逢った時は平常の通りどこも悪いようには見受けませんでしたから、私も驚ろいて精しく様子を聞いて見ますと、私しの逢ったその晩から急に発熱して、いろいろな譫言（うわごと）を絶間なく口走るそうで、それだけなら宜いですがその譫語のうちに私の名が時々出て来るというのです」

主人は無論、迷亭先生も「御安くないね」などという月並は云わず、静粛に謹聴している。

「医者を呼んで見てもらうと、何だか病名はわからんが、何しろ熱が劇（はげ）しいので脳を犯しているから、もし睡眠剤が思うように功を奏しないと危険であると云う診断だそうで私はそれを聞くや否や一種いやな感じが起ったのです。ちょうど夢でうなされる時のような重くるしい感じで周囲の空気が急に固形体になって四方から吾が身をしめつけるごとく思われました。帰り道にもその事ばかりが頭の中にあって苦しくてたまらない。あの奇麗な、あの快活なあの健康な○○子さんが……」

「ちょっと失敬だが待ってくれ給え。さっきから伺っていると○○子さんと云うのが二返ばかり聞えるようだが、もし差支えがなければ承りたいね、君」と主人を顧みると、主人も「うむ」と生返事をする。

「いやそれだけは当人の迷惑になるかも知れませんから廃(よ)しましょう」

「すべて曖々然として昧々然たるかたで行くつもりかね」
「冷笑なさってはいけません、極真面目な話しなんですから……とにかくあの婦人が急にそんな病気になった事を考えると、実に飛花落葉の感慨で胸が一杯になって、総身の活気が一度にストライキを起したように元気がにわかに滅入ってしまいまして、ただ蹌踉（そうそう）として踉踉（ろうろう）という形ちで吾妻橋（あずまばし）へきかかったのです。欄干に倚って下を見ると満潮か干潮か分りませんが、黒い水がかたまってただ動いているように見えます。花川戸（はなかわど）の方から人力車が一台馳けて来て橋の上を通りました。その提灯の火を見送っていると、だんだん小くなって札幌ビールの処で消えました。私はまた水を見る。すると遥かの川上の方で私の名を呼ぶ声が聞えるのです。はてな今時分人に呼ばれる訳はないが誰だろうと水の面をすかして見ましたが暗くて何にも分りません。気のせいに違いない早々帰ろうと思って一足二足あるき出すと、また微かな声で遠くから私の名を呼ぶのです。私はまた立ち留って耳を立てて聞きました。三度目に呼ばれた時には欄干に捕まっていながら膝頭ががくがく悸（ふる）え出したのです。その声は遠くの方か、川の底から出るようですが紛れもない〇〇子の声なんでしょう。私は覚えず「はーい」と返事をしたのです。その返事が大きかったものですから静かな水に響いて、自分で自分の声に驚かされて、はっと周囲を見渡しました。人も犬も月も何にも見えません。その時に私はこの「夜」の中に巻き込まれて、あの声の出る所へ行きたいと云う気がむらむらと起ったのです。○○子の声がまた苦しそうに、訴えるように、救を求めるように私の耳を刺し通したので、今度は「今直（すぐ）に行きます」と答えて欄干から半身を出して黒い水を眺めました。どうも私を呼ぶ声が浪の下から無理に洩れて来るように思われましてね。この水の下だなと思いながら私はとうとう欄干の上に乗りましたよ。今度呼んだら飛び込もうと決心して流を見つめているとまた憐れな声が糸のように浮いて来る。ここだと思って力を込めて一反（いったん）飛び上がっておいて、そして小石か何ぞのように未練なく落ちてしまいました」

「とうとう飛び込んだのかい」と主人が眼をぱちつかせて問う。

「そこまで行こうとは思わなかった」と迷亭が自分の鼻の頭をちょいとつまむ。

「飛び込んだ後は気が遠くなって、しばらくは夢中でした。やがて眼がさめて見ると寒くはあるが、どこも濡れた所も何もない、水を飲んだような感じもしない。たしかに飛び込んだはずだが実に不思議だ。こりゃ変だと気が付いてそこいらを見渡すと驚きましたね。水の中へ飛び込んだつもりでいたところが、つい間違って橋の真中へ飛び下りたので、その時は実に残念でした。前と後ろの間違だけであの声の出る所へ行く事が出来なかったのです」寒月はにやにや笑いながら例のごとく羽織の紐を荷厄介にしている。

「ハハハハこれは面白い。僕の経験と善く似ているところが奇だ。やはりゼームス教授の材料になるね。人間の感応と云う題で写生文にしたらきっと文壇を驚かすよ。……そしてその○○子さんの病気はどうなったかね」と迷亭先生が追窮する。

「二三日前年始に行きましたら、門の内で下女と羽根を突いていましたから病気は全快したものと見えます」

主人は最前から沈思の体であったが、この時ようやく口を開いて、「僕にもある」と負けぬ気を出す。

「あるって、何があるんだい」迷亭の眼中に主人などは無論ない。

「僕のも去年の暮の事だ」

「みんな去年の暮は暗合で妙ですな」と寒月が笑う。欠けた前歯のうちに空也餅が着いている。

「やはり同日同刻じゃないか」と迷亭がまぜ返す。

「いや日は違うようだ。何でも二十日頃だよ。細君が御歳暮の代りに摂津大掾（だいじょう）を聞かしてくれろと云うから、連れて行ってやらん事もないが今日の語り物は何だと聞いたら、細君が新聞を参考して鰻谷だと云うのさ。鰻谷は嫌いだから今日はよそうとその日はやめにした。翌日になると細君がまた新聞を持って来て今日は堀川だからいいでしょうと云う。堀川は三味線もので賑やかなばかりで実がないからよそうと云うと、細君は不平な顔をして引き下がった。その翌日になると細君が云うには今日は三十三間堂です、私は是非摂津の三十三間堂が聞きたい。あなたは三十三間堂も御嫌いか知らないが、私に聞かせるのだからいっしょに行って下すっても宜いでしょうと手詰の談判をする。御前がそんなに行きたいなら行っても宜ろしい、しかし一世一代と云うので大変な大入だから到底突懸けに行ったって這入れる気遣いはない。元来ああ云う場所へ行くには茶屋と云うものが在ってそれと交渉して相当の席を予約するのが正当の手続きだから、それを踏まないで常規を脱した事をするのはよくない、残念だが今日はやめようと云うと、細君は凄い眼付をして、私は女ですからそんなむずかしい手続きなんか知りませんが、大原のお母あさんも、鈴木の君代さんも正当の手続きを踏まないで立派に聞いて来たんですから、いくらあなたが教師だからって、そう手数のかかる見物をしないでもすみましょう、あなたはあんまりだと泣くような声を出す。それじゃ駄目でもまあ行く事にしよう。晩飯をくって電車で行こうと降参をすると、行くなら四時までに向うへ着くようにしなくっちゃいけません、そんなぐずぐずしてはいられませんと急に勢がいい。なぜ四時までに行かなくては駄目なんだと聞き返すと、そのくらい早く行って場所をとらなくちゃ這入れないからですと鈴木の君代さんから教えられた通りを述べる。それじゃ四時を過ぎればもう駄目なんだねと念を押して見たら、ええ駄目ですともと答える。すると君不思議な事にはその時から急に悪寒がし出してね」

「奥さんがですか」と寒月が聞く。

「なに細君はぴんぴんしていらあね。僕がさ。何だか穴の明いた風船玉のように一度に萎縮する感じが起ると思うと、もう眼がぐらぐらして動けなくなった」

「急病だね」と迷亭が註釈を加える。

「ああ困った事になった。細君が年に一度の願だから是非叶えてやりたい。平生（いつも）叱りつけたり、口を聞かなかったり、身上の苦労をさせたり、小供の世話をさせたりするばかりで何一つ洒掃薪水（さいそうしんすい）の労に酬いた事はない。今日は幸い時間もある、嚢中（のうちゅう）には四五枚の堵物（とぶつ）もある。連れて行けば行かれる。細君も行きたいだろう、僕も連れて行ってやりたい。是非連れて行ってやりたいがこう悪寒がして眼がくらんでは電車へ乗るどころか、靴脱へ降りる事も出来ない。ああ気の毒だ気の毒だと思うとなお悪寒がしてなお眼がくらんでくる。早く医者に見てもらって服薬でもしたら四時前には全快するだろうと、それから細君と相談をして甘木医学士を迎いにやると生憎昨夜が当番でまだ大学から帰らない。二時頃には御帰りになりますから、帰り次第すぐ上げますすと云う返事である。困ったなあ、今杏仁水(きょうにんすい)でも飲めば四時前にはきっと癒るに極っているんだが、運の悪い時には何事も思うように行かんもので、たまさか妻君の喜ぶ笑顔を見て楽もうと云う予算も、がらりと外れそうになって来る。細君は恨めしい顔付をして、到底いらっしゃれませんかと聞く。行くよ必ず行くよ。四時までにはきっと直って見せるから安心しているがいい。早く顔でも洗って着物でも着換えて待っているがいい、と口では云ったようなものの胸中は無限の感慨である。悪寒はますます劇（はげ）しくなる、眼はいよいよぐらぐらする。もしや四時までに全快して約束を履行する事が出来なかったら、気の狭い女の事だから何をするかも知れない。情けない仕儀になって来た。どうしたら善かろう。万一の事を考えると今の内に有為転変の理、生者必滅の道を説き聞かして、もしもの変が起った時取り乱さないくらいの覚悟をさせるのも、夫の妻に対する義務ではあるまいかと考え出した。僕は速かに細君を書斎へ呼んだよ。呼んで御前は女だけれども many a slip 'twixt the cup and the lip と云う西洋の諺くらいは心得ているだろうと聞くと、そんな横文字なんか誰が知るもんですか、あなたは人が英語を知らないのを御存じの癖にわざと英語を使って人にからかうのだから、宜しゅうございます、どうせ英語なんかは出来ないんですから、そんなに英語が御好きなら、なぜ耶蘇（ヤソ）学校の卒業生かなんかをお貰いなさらなかったんです。あなたくらい冷酷な人はありはしないと非常な権幕なんで、僕もせっかくの計画の腰を折られてしまった。君等にも弁解するが僕の英語は決して悪意で使った訳じゃない。全く妻を愛する至情から出たので、それを妻のように解釈されては僕も立つ瀬がない。それにさっきからの悪寒と眩暈で少し脳が乱れていたところへもって来て、早く有為転変、生者必滅の理を呑み込ませようと少し急き込んだものだから、ついい細君の英語を知らないと云う事を忘れて、何の気も付かずに使ってしまった訳さ。考えるとこれは僕が悪るい、全く手落ちであった。この失敗で悪寒はますます強くなる。眼はいよいよぐらぐらする。妻君は命ぜられた通り風呂場へ行って両肌(もろはだ)を脱いで御化粧をして、箪笥から着物を出して着換える。もういつでも出掛けられますと云う風情で待ち構えている。僕は気が気でない。早く甘木君が来てくれれば善いがと思って時計を見るともう三時だ。四時にはもう一時間しかない。「そろそろ出掛けましょうか」と妻君が書斎の開き戸を明けて顔を出す。自分の妻を褒めるのはおかしいようであるが、僕はこの時ほど細君を美しいと思った事はなかった。もろ肌を脱いで石鹸で磨き上げた皮膚がぴかついて黒縮緬の羽織と反映している。その顔が石鹸と摂津大掾を聞こうと云う希望との二つで、有形無形の両方面から輝やいて見える。どうしてもその希望を満足させて出掛けてやろうと云う気になる。それじゃ奮発して行こうかな、と一ぷくふかしているとようやく甘木先生が来た。うまい注文通りに行った。が容体をはなすと、甘木先生は僕の舌を眺めて、手を握って、胸を敲（たた）いて背を撫でて、目縁（まぶち）を引っ繰り返して、頭蓋骨をさすって、しばらく考え込んでいる。「どうも少し険呑のような気がしまして」と僕が云うと、先生は落ちついて、「いえ格別の事もございますまい」と云う。「あのちょっとくらい外出致しても差支えはございますまいね」と細君が聞く。「さよう」と先生はまた考え込む。「御気分さえ御悪くなければ……」「気分は悪いですよ」と僕がいう。「じゃともかくも頓服と水薬を上げますから」「へえどうか、何だかちと、危ないようになりそうですな」「いや決して御心配になるほどの事じゃございません、神経を御起しになるといけませんよ」と先生が帰る。三時は三十分過ぎた。下女を薬取りにやる。細君の厳命で馳け出して行って、馳け出して返ってくる。四時十五分前である。四時にはまだ十五分ある。すると四時十五分前頃から、今まで何とも無かったのに、急に嘔気を催おして来た。細君は水薬を茶碗へ注いで僕の前へ置いてくれたから、茶碗を取り上げて飲もうとすると、胃の中からげーと云う者が吶喊（とっかん）して出てくる。やむをえず茶碗を下へ置く。細君は「早く御飲みになったら宜いでしょう」と逼（せま）る。早く飲んで早く出掛けなくては義理が悪い。思い切って飲んでしまおうとまた茶碗を唇へつけるとまたゲーが執念深く妨害をする。飲もうとしては茶碗を置き、飲もうとしては茶碗を置いていると茶の間の柱時計がチンチンチンチンと四時を打った。さあ四時だ愚図愚図してはおられんと茶碗をまた取り上げると、不思議だねえ君、実に不思議とはこの事だろう、四時の音と共に吐き気がすっかり留まって水薬が何の苦なしに飲めたよ。それから四時十分頃になると、甘木先生の名医という事も始めて理解する事が出来たんだが、背中がぞくぞくするのも、眼がぐらぐらするのも夢のように消えて、当分立つ事も出来まいと思った病気がたちまち全快したのは嬉しかった」

「それから歌舞伎座へいっしょに行ったのかい」

と迷亭が要領を得んと云う顔付をして聞く。

「行きたかったが四時を過ぎちゃ、這入れないと云う細君の意見なんだから仕方がない、やめにしたさ。もう十五分ばかり早く甘木先生が来てくれたら僕の義理も立つし、妻も満足したろうに、わずか十五分の差でね、実に残念な事をした。考え出すとあぶないところだったと今でも思うのさ」

語り了（おわ）った主人はようやく自分の義務をすましたような風をする。これで両人に対して顔が立つと云う気かも知れん。

寒月は例のごとく欠けた歯を出して笑いながら「それは残念でしたな」と云う。

迷亭はとぼけた顔をして「君のような親切な夫を持った妻君は実に仕合せだな」と独り言のようにいう。障子の蔭でエヘンと云う細君の席払いが聞える。

吾輩はおとなしく三人の話しを順番に聞いていたがおかしくも悲しくもなかった。人間というものは時間を潰すために強いて口を運動させて、おかしくもない事を笑ったり、面白くもない事を嬉しがったりするほかに能もない者だと思った。吾輩の主人の我儘で偏狭な事は前から承知していたが、平常（ふだん）は言葉数を使わないので何だか了解しかねる点があるように思われていた。その了解しかねる点に少しは恐しいと云う感じもあったが、今の話を聞いてから急に軽蔑したくなった。かれはなぜ両人の話しを沈黙して聞いていられないのだろう。負けぬ気になって愚にもつかぬ駄弁を弄すれば何の所得があるだろう。エピクテタスにそんな事をしろと書いてあるのか知らん。要するに主人も寒月も迷亭も太平の逸民（いつみん）で、彼等は糸瓜のごとく風に吹かれて超然と澄し切っているようなものの、その実はやはり娑婆気もあり慾気もある。競争の念、勝とう勝とうの心は彼等が日常の談笑中にもちらちらとほのめいて、一歩進めば彼等が平常罵倒している俗骨共（ぞっこつども）と一つ穴の動物になるのは猫より見て気の毒の至りである。ただその言語動作が普通の半可通のごとく、文切り形の厭味を帯びてないのはいささかの取り得でもあろう。

こう考えると急に三人の談話が面白くなくなったので、三毛子の様子でも見て来ようかと二絃琴の御師匠さんの庭口へ廻る。門松注目飾（しめかざ）りはすでに取り払われて正月も早や十日となったが、うららかな春日は一流れの雲も見えぬ深き空より四海天下を一度に照らして、十坪に足らぬ庭の面も元日の曙光を受けた時より鮮かな活気を呈している。椽側に座蒲団が一つあって人影も見えず、障子も立て切ってあるのは御師匠さんは湯にでも行ったのか知らん。御師匠さんは留守でも構わんが、三毛子は少しは宜い方か、それが気掛りである。ひっそりして人の気合（けわい）もしないから、泥足のまま椽側へ上って座蒲団の真中へ寝転んで見るといい心持ちだ。ついうとうととして、三毛子の事も忘れてうたた寝をしていると、急に障子のうちで人声がする。

「御苦労だった。出来たかえ」御師匠さんはやはり留守ではなかったのだ。

「はい遅くなりまして、仏師屋へ参りましたらちょうど出来上ったところだと申しまして」「どれお見せなさい。ああ奇麗に出来た、これで三毛も浮かばれましょう。金は剥げる事はあるまいね」「ええ念を押しましたら上等を使ったからこれなら人間の位牌よりも持つと申しておりました。……それから猫誉信女（みょうよしんにょ）の誉の字は崩した方が恰好がいいから少し劃（かく）を易（か）えたと申しました」「どれどれ早速御仏壇へ上げて御線香でもあげましょう」

　三毛子は、どうかしたのかな、何だか様子が変だと蒲団の上へ立ち上る。チーン南無猫誉信女、南無阿弥陀仏南無阿弥陀仏と御師匠さんの声がする。

「御前も回向（えこう）をしておやりなさい」

チーン南無猫誉信女南無阿弥陀仏南無阿弥陀仏と今度は下女の声がする。吾輩は急に動悸がして来た。座蒲団の上に立ったまま、木彫の猫のように眼も動かさない。

「ほんとに残念な事を致しましたね。始めはちょいと風邪を引いたんでございましょうがねえ」「甘木さんが薬でも下さると、よかったかも知れないよ」「一体あの甘木さんが悪うございますよ、あんまり三毛を馬鹿にし過ぎまさあね」「そう人様の事を悪く云うものではない。これも寿命だから」

三毛子も甘木先生に診察して貰ったものと見える。

「つまるところ表通りの教師のうちの野良猫が無暗に誘い出したからだと、わたしは思うよ」「ええあの畜生が三毛のかたきでございますよ」

少し弁解したかったが、ここが我慢のしどころと唾を呑んで聞いている。話しはしばし途切れる。

「世の中は自由にならん者でのう。三毛のような器量よしは早死をするし。不器量な野良猫は達者でいたずらをしているし……」「その通りでございますよ。三毛のような可愛らしい猫は鐘と太鼓で探してあるいたって、二人とはおりませんからね」

二匹と云う代りに二たりといった。下女の考えでは猫と人間とは同種族ものと思っているらしい。そう云えばこの下女の顔は吾等猫属とはなはだ類似している。

「出来るものなら三毛の代りに……」「あの教師の所の野良が死ぬと御誂え通りに参ったんでございますがねえ」

御誂え通りになっては、ちと困る。死ぬと云う事はどんなものか、まだ経験した事がないから好きとも嫌いとも云えないが、先日あまり寒いので火消壺の中へもぐり込んでいたら、下女が吾輩がいるのも知らんで上から蓋をした事があった。その時の苦しさは考えても恐しくなるほどであった。

白君の説明によるとあの苦しみが今少し続くと死ぬのであるそうだ。三毛子の身代りになるのなら苦情もないが、あの苦しみを受けなくては死ぬ事が出来ないのなら、誰のためでも死にたくはない。

「しかし猫でも坊さんの御経を読んでもらったり、戒名をこしらえてもらったのだから心残りはあるまい」「そうでございますとも、全く果報者でございますよ。ただ慾を云うとあの坊さんの御経があまり軽少だったようでございますね」「少し短か過ぎたようだったから、大変御早うございますねと御尋ねをしたら、月桂寺さんは、ええ利目のあるところをちょいとやっておきました、なに猫だからあのくらいで充分浄土へ行かれますとおっしゃったよ」「あらまあ……しかしあの野良なんかは……」

吾輩は名前はないとしばしば断っておくのに、この下女は野良野良と吾輩を呼ぶ。失敬な奴だ。

「罪が深いんですから、いくらありがたい御経だって浮かばれる事はございませんよ」

吾輩はその後野良が何百遍繰り返されたかを知らぬ。吾輩はこの際限なき談話を中途で聞き棄てて、布団をすべり落ちて椽側から飛び下りた時、八万八千八百八十本の毛髪を一度にたてて身震いをした。その後二絃琴の御師匠さんの近所へは寄りついた事がない。今頃は御師匠さん自身が月桂寺さんから軽少な御回向を受けているだろう。

近頃は外出する勇気もない。何だか世間が慵（もの）うく感ぜらるる。主人に劣らぬほどの無性（ぶしょう）猫となった。主人が書斎にのみ閉じ籠っているのを人が失恋だ失恋だと評するのも無理はないと思うようになった。

　鼠はまだ取った事がないので、一時は御三から放逐論さえ呈出された事もあったが、主人は吾輩の普通一般の猫でないと云う事を知っているものだから吾輩はやはりのらくらしてこの家に起臥（きが）している。この点については深く主人の恩を感謝すると同時にその活眼に対して敬服の意を表するに躊躇しないつもりである。御三が吾輩を知らずして虐待をするのは別に腹も立たない。今に左甚五郎（ひだりじんごろう）が出て来て、吾輩の肖像を楼門の柱に刻み、日本のスタンランが好んで吾輩の似顔をカンヴァスの上に描くようになったら、彼等鈍瞎漢（どんかつかん）は始めて自己の不明を恥ずるであろう。

## 三

三毛子は死ぬ。黒は相手にならず、いささか寂寞の感はあるが、幸い人間に知己が出来たのでさほど退屈とも思わぬ。せんだっては主人の許へ吾輩の写真を送ってくれと手紙で依頼した男がある。この間は岡山の名産吉備団子をわざわざ吾輩の名宛で届けてくれた人がある。だんだん人間から同情を寄せらるるに従って、己が猫である事はようやく忘却してくる。猫よりはいつの間にか人間の方へ接近して来たような心持になって、同族を糾合して二本足の先生と雌雄を決しようなどと云う量見は昨今のところ毛頭ない。それのみか折々は吾輩もまた人間世界の一人だと思う折さえあるくらいに進化したのはたのもしい。あえて同族を軽蔑する次第ではない。ただ性情の近きところに向って一身の安きを置くは勢のしからしむるところで、これを変心とか、軽薄とか、裏切りとか評せられてはちと迷惑する。かような言語を弄して人を罵詈(ばり)するものに限って融通の利かぬ貧乏性の男が多いようだ。こう猫の習癖を脱化して見ると三毛子や黒の事ばかり荷厄介にしている訳には行かん。やはり人間同等の気位で彼等の思想、言行を評隲(ひょうしつ)したくなる。これも無理はあるまい。ただそのくらいな見識を有している吾輩をやはり一般猫児(びょうじ)の毛の生えたものくらいに思って、主人が吾輩に一言の挨拶もなく、吉備団子をわが物顔に喰い尽したのは残念の次第である。写真もまだ撮って送らぬ容子（ようす）だ。これも不平と云えば不平だが、主人は主人、吾輩は吾輩で、相互の見解が自然異なるのは致し方もあるまい。吾輩はどこまでも人間になりすましているのだから、交際をせぬ猫の動作は、どうしてもちょいと筆に上りにくい。迷亭、寒月諸先生の評判だけで御免蒙る事に致そう。

今日は上天気の日曜なので、主人はのそのそ書斎から出て来て、吾輩の傍へ筆硯と原稿用紙を並べて腹這（はらばい）になって、しきりに何か唸っている。大方草稿を書き卸す序開（じょびら）きとして妙な声を発するのだろうと注目しているとややしばらくして筆太に「香一炷（こういっしゅ）」とかいた。はてな詩になるか、俳句になるか、香一炷とは、主人にしては少し洒落過ぎているがと思う間もなく、彼は香一炷を書き放しにして、新たに行を改めて「さっきから天然居士の事をかこうと考えている」と筆を走らせた。筆はそれだけではたと留ったぎり動かない。主人は筆を持って首を捻ったが別段名案もないものと見えて筆の穂を嘗めだした。唇が真黒になったと見ていると、今度はその下へちょいと丸をかいた。丸の中へ点を二つうって眼をつける。真中へ小鼻の開いた鼻をかいて、真一文字に口を横へ引張った、これでは文章でも俳句でもない。主人も自分で愛想が尽きたと見えて、そこそこに顔を塗り消してしまった。主人はまた行を改める。彼の考によると行さえ改めれば詩か賛か語か録か何かになるだろうとただ宛もなく考えているらしい。やがて「天然居士は空間を研究し、論語を読み、焼芋を食い、鼻汁を垂らす人である」と言文一致体で一気呵成（いっきかせい）に書き流した、何となくごたごたした文章である。それから主人はこれを遠慮なく朗読して、いつになく「ハハハハ面白い」と笑ったが「鼻汁を垂らすのは、ちと酷だから消そう」とその句だけへ棒を引く。一本ですむところを二本引き三本引き、奇麗な併行線を描く、線がほかの行まで食(は)み出しても構わず引いている。線が八本並んでもあとの句が出来ないと見えて、今度は筆を捨てて髭を捻って見る。文章を髭から捻り出して御覧に入れますと云う見幕で猛烈に捻ってはねじ上げ、ねじ下ろしているところへ、茶の間から妻君が出て来てぴたりと主人の鼻の先へ坐わる。「あなたちょっと」と呼ぶ。「なんだ」と主人は水中で銅鑼を叩くような声を出す。返事が気に入らないと見えて妻君はまた「あなたちょっと」と出直す。「なんだよ」と今度は鼻の穴へ親指と人さし指を入れて鼻毛をぐっと抜く。「今月はちっと足りませんが……」「足りんはずはない、医者へも薬礼はすましたし、本屋へも先月払ったじゃないか。今月は余らなければならん」とすまして抜き取った鼻毛を天下の奇観のごとく眺めている。「それでもあなたが御飯を召し上らんで麺麭（パン）を御食べになったり、ジャムを御舐めになるものですから」「元来ジャムは幾缶舐めたのかい」「今月は八つ入(い)りましたよ」「八つ？　そんなに舐めた覚えはない」「あなたばかりじゃありません、子供も舐めます」「いくら舐めたって五六円くらいなものだ」と主人は平気な顔で鼻毛を一本一本丁寧に原稿紙の上へ植付ける。肉が付いているのでぴんと針を立てたごとくに立つ。主人は思わぬ発見をして感じ入った体で、ふっと吹いて見る。粘着力が強いので決して飛ばない。「いやに頑固だな」と主人は一生懸命に吹く。「ジャムばかりじゃないんです、ほかに買わなけりゃ、ならない物もありますす」と妻君は大に不平な気色を両頬に漲らす。「あるかも知れないさ」と主人はまた指を突っ込んでぐいと鼻毛を抜く。赤いのや、黒いのや、種々の色が交る中に一本真白なのがある。大に驚いた様子で穴の開くほど眺めていた主人は指の股へ挟んだまま、その鼻毛を妻君の顔の前へ出す。「あら、いやだ」と妻君は顔をしかめて、主人の手を突き戻す。「ちょっと見ろ、鼻毛の白髪だ」と主人は大に感動した様子である。さすがの妻君も笑いながら茶の間へ這入る。経済問題は断念したらしい。主人はまた天然居士に取り懸る。

鼻毛で妻君を追払った主人は、まずこれで安心と云わぬばかりに鼻毛を抜いては原稿をかこうと焦る体であるがなかなか筆は動かない。「焼芋を食うも蛇足だ、割愛しよう」とついにこの句も抹殺する。「香一炷もあまり唐突だから已（や）めろ」と惜気もなく筆誅（ひっちゅう）する。余す所は「天然居士は空間を研究し論語を読む人である」と云う一句になってしまった。主人はこれでは何だか簡単過ぎるようだなと考えていたが、ええ面倒臭い、文章は御廃（おはい）しにして、銘だけにしろと、筆を十文字に揮って原稿紙の上へ下手な文人画の蘭を勢よくかく。せっかくの苦心も一字残らず落第となった。それから裏を返して「空間に生れ、空間を究め、空間に死す。空たり間たり天然居士噫（ああ）」と意味不明な語を連ねているところへ例のごとく迷亭が這入って来る。迷亭は人の家も自分の家も同じものと心得ているのか案内も乞わず、ずかずか上ってくる、のみならず時には勝手口から飄然と舞い込む事もある、心配、遠慮、気兼、苦労、を生れる時どこかへ振り落した男である。

「また巨人引力かね」と立ったまま主人に聞く。

「そう、いつでも巨人引力ばかり書いてはおらんさ。天然居士の墓銘を撰しているところなんだ」と大袈裟な事を云う。「天然居士と云うなあやはり偶然童子のような戒名かね」と迷亭は不相変（あいかわらず）出鱈目を云う。「偶然童子と云うのもあるのかい」「なに有りゃしないがまずその見当だろうと思っていらあね」「偶然童子と云うのは僕の知ったものじゃないようだが天然居士と云うのは、君の知ってる男だぜ」「一体だれが天然居士なんて名を付けてすましているんだい」「例の曾呂崎（そろさき）の事だ。卒業して大学院へ這入って空間論と云う題目で研究していたが、あまり勉強し過ぎて腹膜炎で死んでしまった。曾呂崎はあれでも僕の親友なんだからな」「親友でもいいさ、決して悪いと云やしない。しかしその曾呂崎を天然居士に変化させたのは一体誰の所作だい」「僕さ、僕がつけてやったんだ。元来坊主のつける戒名ほど俗なものは無いからな」と天然居士はよほど雅な名のように自慢する。迷亭は笑いながら「まあその墓碑銘と云う奴を見せ給え」と原稿を取り上げて「何だ……空間に生れ、空間を究め、空間に死す。空たり間たり天然居士噫」と大きな声で読み上る。「なるほどこりゃあ善い、天然居士相当のところだ」主人は嬉しそうに「善いだろう」と云う。「この墓銘を沢庵石へ彫り付けて本堂の裏手へ力石のように抛り出して置くんだね。雅でいいや、天然居士も浮かばれる訳だ」「僕もそうしようと思っているのさ」と主人は至極真面目に答えたが「僕あちょっと失敬するよ、じき帰るから猫にでもからかっていてくれ給え」と迷亭の返事も待たず風然と出て行く。

計らずも迷亭先生の接待掛りを命ぜられて無愛想な顔もしていられないから、ニャーニャーと愛嬌を振り蒔いて膝の上へ這い上って見た。すると迷亭は「イヨー大分肥（ふと）ったな、どれ」と無作法にも吾輩の襟髪を攫んで宙へ釣るす。「あと足をこうぶら下げては、鼠は取れそうもない、……どうですこの猫は鼠を捕りますかね」と吾輩ばかりでは不足だと見えて、隣りの室（へや）の妻君に話しかける。「鼠どころじゃございません。御雑煮を食べて踊りをおどるんですもの」と妻君は飛んだところで旧悪を暴く。吾輩は宙乗りをしながらも少々極りが悪かった。迷亭はまだ吾輩を卸してくれない。「なるほど踊りでもおどりそうな顔だ。奥さんこの猫は油断のならない相好ですぜ。昔しの草双紙にある猫又に似ていますよ」と勝手な事を言いながら、しきりに細君に話しかける。細君は迷惑そうに針仕事の手をやめて座敷へ出てくる。

「どうも御退屈様、もう帰りましょう」と茶を注ぎ易(か)えて迷亭の前へ出す。「どこへ行ったんですかね」「どこへ参るにも断わって行った事の無い男ですから分りかねますが、大方御医者へでも行ったんでしょう」「甘木さんですか、甘木さんもあんな病人に捕まっちゃ災難ですな」「へえ」と細君は挨拶のしようもないと見えて簡単な答えをする。迷亭は一向頓着しない。「近頃はどうです、少しは胃の加減が能(い)いんですか」「能いか悪いか頓と分りません、いくら甘木さんにかかったって、あんなにジャムばかり嘗めては胃病の直る訳がないと思います」と細君は先刻の不平を暗に迷亭に洩らす。「そんなにジャムを嘗めるんですかまるで小供のようですね」「ジャムばかりじゃないんで、この頃は胃病の薬だとか云って大根卸しを無暗に誉めますので……」「驚ろいたな」と迷亭は感嘆する。「何でも大根卸の中にはジヤスターゼが有るとか云う話しを新聞で読んでからです」「なるほどそれでジャムの損害を償うと云う趣向ですな。なかなか考えていらあハハハハ」と迷亭は細君の訴（うったえ）を聞いて大（おおい）に愉快な気色である。「この間などは赤ん坊にまで誉めさせまして……」「ジャムをですか」「いいえ大根卸を……あなた。坊や御父様がうまいものをやるからおいでてって、――たまに小供を可愛がってくれるかと思うとそんな馬鹿な事ばかりするんです。二三日前には中の娘を抱いて箪笥の上へあげましてね……」「どう云う趣向がありました」と迷亭は何を聞いても趣向ずくめに解釈する。「なに趣向も何も有りゃしません、ただその上から飛び下りて見ろと云うんですわ、三つや四つの女の子ですもの、そんな御転婆な事が出来るはずがないです」「なるほどこりゃ趣向が無さ過ぎましたね。しかしあれで腹の中は毒のない善人ですよ」「あの上腹の中に毒があっちゃ、辛防（しんぼう）は出来ませんわ」と細君は大に気焔を揚げる。「まあそんなに不平を云わんでも善いでさあ。こうやって不足なくその日その日が暮らして行かれれば上の分ですよ。苦沙弥（くしゃみ）君などは道楽はせず、服装にも構わず、地味に世帯向きに出来上った人でさあ」と迷亭は柄にない説教を陽気な調子でやっている。「ところがあなた大違いで……」「何か内々でやりますかね。油断のならない世の中だからね」と飄然とふわふわした返事をする。「ほかの道楽はないですが、無暗に読みもしない本ばかり買いましてね。それも善い加減に見計らって買ってくれると善いんですけれど、勝手に丸善へ行っちゃ何冊でも取って来て、月末になると知らん顔をしているんですもの、去年の暮なんか、月々のが溜って大変困りました」「なあに書物なんか取って来るだけ取って来て構わんですよ。払いをとりに来たら今にやる今にやると云っていりゃ帰ってしまいますさあ」「それでも、そういつまでも引張る訳にも参りませんから」と妻君は憮然としている。「それじゃ、訳を話して書籍費を削減させるさ」「どうして、そんな言（こと）を云ったって、なかなか聞くものですか、この間などは貴様は学者の妻にも似合わん、毫も書籍の価値を解しておらん、昔し羅馬（ローマ）にこう云う話しがある。後学のため聞いておけと云うんです」「そりゃ面白い、どんな話しですか」迷亭は乗気になる。細君に同情を表しているというよりむしろ好奇心に駆られている。「何んでも昔し羅馬に樽金(たるきん)とか云う王様があって……」「樽金？　樽金はちと妙ですぜ」「私は唐人の名なんかむずかしくて覚えられませんわ。何でも七代目なんだそうです」「なるほど七代目樽金は妙ですな。ふんその七代目樽金がどうかしましたかい」「あら、あなたまで冷かしては立つ瀬がありませんわ。知っていらっしゃるなら教えて下さればいいじゃありませんか、人の悪い」と、細君は迷亭へ食って掛る。「何冷かすなんて、そんな人の悪い事をする僕じゃない。ただ七代目樽金は振ってると思ってね……ええお待ちなさいよ羅馬の七代目の王様ですね、こうっとたしかには覚えていないがタークイン・ゼ・プラウドの事でしょう。まあ誰でもいい、その王様がどうしました」「その王様の所へ一人の女が本を九冊持って来て買ってくれないかと云ったんだそうです」

「なるほど」「王様がいくらならならいくらなら売るといって聞いたら大変な高い事を云うんですって、あまり高いもんだから少し負けないかと云うとその女がいきなり九冊の内の三冊を火にくべて焚（や）いてしまったそうです」「惜しい事をしましたな」「その本の内には予言か何かほかで見られない事が書いてあるんですって」「へえー」「王様は九冊が六冊になったから少しは価（ね）も減ったろうと思って六冊でいくらだと聞くと、やはり元の通り一文も引かないそうです、それは乱暴だと云うと、その女はまた三冊をとって火にくべたそうです。王様はまだ未練があったと見えて、余った三冊をいくらで売ると聞くと、やはり九冊分のねだんをくれと云うそうです。九冊が六冊になり、六冊が三冊になっても代価は、元の通り一厘も引かない、それを引かせようとすると、残ってる三冊も火にくべるかも知れないので、王様はとうとう高い御金を出して焚け余りの三冊を買ったんですって……どうだこの話しで少しは書物のありがた味が分ったろう、どうだと力味（りき）むのですけれど、私にゃ何がありがたいんだか、まあ分りませんね」と細君は一家の見識を立てて迷亭の返答を促がす。さすがの迷亭も少々窮したと見えて、袂からハンケチを出して吾輩をじゃらしていたが「しかし奥さん」と急に何か考えついたように大きな声を出す。「あんなに本を買って矢鱈に詰め込むものだから人から少しは学者だとか何とか云われるんですよ。この間ある文学雑誌を見たら苦沙弥君の評が出ていましたよ」「ほんとに?」と細君は向き直る。主人の評判が気にかかるのは、やはり夫婦と見える。「何とかいてあったんです」「なあに二三行ばかりですがね。苦沙弥君の文は行雲流水のごとしとありましたよ」細君は少しにこにこして「それぎりですか」「その次にね――出ずるかと思えば忽ち消え、逝(ゆ)いては長(とこしな)えに帰るを忘るるとありましたよ」細君は妙な顔をして「賞めたんでしょうか」と心元ない調子である。「まあ賞めた方でしょうな」と迷亭は済まして ハンケチを吾輩の眼の前にぶら下げる。「書物は商買道具で仕方もござんすまいが、よっぽど偏屈でしてねえ」迷亭はまた別途の方面から来たなと思って「偏屈は少々偏屈ですね、学問をするものはどうせあんなですよ」と調子を合わせるような弁護をするような不即不離の妙答をする。「せんだってなどは学校から帰ってすぐわきへ出るのに着物を着換えるのが面倒だものですから、あなた外套（がいとう）も脱がないで、机へ腰を掛けて御飯を食べるのです。御膳を火燵櫓（こたつやぐら）の上へ乗せまして――私は御櫃（おはち）を抱えて坐っておりましたがおかしくって……」「何だかハイカラの首実検のようですな。しかしそんなところが苦沙弥君の苦沙弥君たるところで――とにかく月並でない」と切ない褒め方をする。「月並か月並でないか女には分りませんが、なんぼ何でも、あまり乱暴ですわ」「しかし月並より好いですよ」と無暗に加勢するると細君は不満な様子で「一体、月並月並と皆さんが、よくおっしゃいますが、どんなのが月並なんです」と開き直って月並の定義を質問する、「月並ですか、月並と云うと――さようちと説明しにくいのですが……」「そんな曖昧なものなら月並だって好さそうなものじゃありませんか」と細君は女人一流の論理法で詰め寄せる。「曖昧じゃありませんよ、ちゃんと分っています、ただ説明しにくいだけの事でさあ」「何でも自分の嫌いな事を月並と云うんでしょう」と細君は我知らず穿った事を云う。迷亭もこうなると何とか月並の処置を付けなければならぬ仕儀となる。「奥さん、月並と云うのはね、まず年は二八か二九からぬと言わず語らず物思いの間に寝転んでいて、この日や天気晴朗とくると必ず一瓢を携えて墨堤に遊ぶ連中を云うんです」「そんな連中があるでしょうか」と細君は分らんものだから好加減な挨拶をする。「何だかごたごたして私には分りませんわ」とついに我を折る。「それじゃ馬琴の胴へメジョオ・ペンデニスの首をつけて一二年欧州の空気で包んでおくんですね」「そうすると月並が出来るでしょうか」迷亭は返事をしないで笑っている。「何そんな手数のかかる事をしないでも出来ます。　中学校の生徒に白木屋の番頭を加えて二で割ると立派な月並が出来上ります」「そうでしょうか」と細君は首を捻ったまま納得し兼ねたと云う風情に見える。

「君まだいるのか」と主人はいつの間にやら帰って来て迷亭の傍へ坐わる。「まだいるのかはちと酷だな、すぐ帰るから待ってい給えと言ったじゃないか」「万事あれなんですもの」と細君は迷亭を顧みる。「今君の留守中に君の逸話を残らず聞いてしまったぜ」「女はとかく多弁でいかん、人間もこの猫くらい沈黙を守るといいがな」と主人は吾輩の頭を撫でてくれる。「君は赤ん坊に大根卸しを嘗めさしたそうだな」「ふむ」と主人は笑ったが「赤ん坊でも近頃の赤ん坊はなかなか利口だぜ。それ以来、坊や辛いのはどこと聞くときっと舌を出すから妙だ」「まるで犬に芸を仕込む気でいるから残酷だ。時に寒月はもう来そうなものだな」「寒月が来るのかい」と主人は不審な顔をする。「来るんだ。午後一時までに苦沙弥の家へ来いと端書を出しておいたから」「人の都合も聞かんで勝手な事をする男だ。寒月を呼んで何をするんだい」「なあに今日のはこっちの趣向じゃない寒月先生自身の要求さ。先生何でも理学協会で演説をするとか云うのでね。その稽古をやるから僕に聴いてくれと云うから、そりゃちょうどいい苦沙弥にも聞かしてやろうと云うのでね。そこで君の家へ呼ぶ事にしておいたのさ――なあに君はひま人だからちょうどいいやね――差支えなんぞある男じゃない、聞くがいいさ」と迷亭は独りで呑み込んでいる。「物理学の演説なんか僕にゃ分らん」と主人は少々迷亭の専断を憤ったもののごとくに云う。「ところがその問題がマグネ付けられたノッズルについてなどと云う乾燥無味なものじゃないんだ。首縊りの力学と云う脱俗超凡な演題なのだから傾聴する価値があるさ」「君は首を縊り損くなった男だから傾聴するが好いが僕なんざあ……」「歌舞伎座で悪寒がするくらいの人間だから聞かれないと云う結論は出そうもないぜ」と例のごとく軽口を叩く。妻君はホホと笑って主人を顧みながら次の間へ退く。主人は無言のまま吾輩の頭を撫でる。この時のみは非常に丁寧な撫で方であった。

　それから約七分くらいすると注文通り寒月君が来る。今日は晩に演舌（えんぜつ）をするというので例になく立派なフロックを着て、洗濯し立ての白襟（カラー）を聳（そび）やかして、男振りを二割方上げて、「少し後れまして」と落ちつき払って、挨拶をする。「さっきから二人で大待ちに待ったところなんだ。早速願おう、なあ君」と主人を見る。主人もやむを得ず「うむ」と生返事をする。寒月君はいそがない。「コップへ水を一杯頂戴しましょう」と云う。「いよ一本式にやるのか次には拍手の請求とおいでなさるだろう」と迷亭は独りで騒ぎ立てる。寒月君は内隠しから草稿を取り出して徐(おもむ)ろに「稽古ですから、御遠慮なく御批評を願います」と前置をして、いよいよ演舌の御浚(さらら)いを始める。

「罪人を絞罪（こうざい）の刑に処すると云う事は重(おも)にアングロサクソン民族間に行われた方

法でありまして、それより古代に遡って考えますと首縊りは重に自殺の方法として行われた者であります。猶太（ユダヤ）人中に在っては罪人を石を抛げつけて殺す習慣であったそうでございます。旧約全書を研究して見ますといわゆるハンギングなる語は罪人の死体を釣るして野獣または肉食鳥の餌食とする意義と認められます。ヘロドタスの説に従って見ますと猶太人はエジプトを去る以前から夜中死骸を曝されることを痛く忌み嫌ったように思われます。エジプト人は罪人の首を斬って胴だけを十字架に釘付けにして夜中曝し物にしたそうで御座います。波斯（ペルシャ）人は……」「寒月君首縊りと縁がだんだん遠くなるようだが大丈夫かい」と迷亭が口を入れる。「これから本論に這入るところですから、少々御辛防を願います。……さて波斯人はどうかと申しますとこれもやはり処刑には磔を用いたようでございます。但し生きているうちに張付けに致したものか、死んでから釘を打ったものかその辺はちと分りかねます……」「そんな事は分らんでもいいさ」と主人は退屈そうに欠伸をする。「まだいろいろ御話し致したい事もございますが、御迷惑であらっしゃいましょうから……」「あらっしゃいましょうより、いらっしゃいましょうの方が聞きいいよ、ねえ苦沙弥君」とまた迷亭が咎め立（だて）をすると主人は「どっちでも同じ事だ」と気のない返事をする。「さていよいよ本題に入りまして弁じます」「弁じますなんか講釈師の云い草だ。　演舌家はもっと上品な詞を使って貰いたいね」と迷亭先生また交ぜ返す。「弁じますが下品なら何と云ったらいいでしょう」　と寒月君は少々むっとした調子で問いかける。「迷亭のは聴いているのか、交ぜ返しているのか判然しない。寒月君そんな弥次馬に構わず、　さっさとやるが好い」　と主人はなるべく早く難関を切り抜けようとする。「むっとして弁じましたる柳かな、　かね」と迷亭はあいかわらず飄然たる事を云う。　寒月は思わず吹き出す。「真に処刑として絞殺を用いましたのは、私の調べました結果によりまするとオディセーの二十二巻目に出ております。即ち彼（か）のテレマカスがペネロピーの十二人の侍女を絞殺するという条（くだ）りでございます。希臘（ギリシャ）語で本文を朗読しても宜しゅうございますが、ちと衒（てら）うような気味にもなりますからやめに致します。四百六十五行から、四百七十三行を御覧になると分ります」「希臘語云々はよした方がいい、さも希臘語が出来ますと云わんばかりだ、ねえ苦沙弥君」「それは僕も賛成だ、そんな物欲しそうな事は言わん方が奥床しくて好い」と主人はいつになく直ちに迷亭に加担する。両人は毫も希臘語が読めないのである。「それではこの両三句は今晩抜く事に致しまして次を弁じ――ええ申し上げます。

この絞殺を今から想像して見ますと、これを執行するに二つの方法があります。第一は、彼のテレマカスがユーミアス及びフリーシャスの援（たすけ）を藉（か）りて縄の一端を柱へ括りつけます。そしてその縄の所々へ結び目を穴に開けてこの穴へ女の頭を一つずつ入れておいて、片方の端をぐいと引張って釣し上げたものと見るのです」「つまり西洋洗濯屋のシャツのように女がぶら下ったと見れば好いんだろう」「その通りで、それから第二は縄の一端を前のごとく柱へ括り付けて他の一端も始めから天井へ高く釣るのです。そしてその高い縄から何本か別の縄を下げて、それに結び目の輪になったのを付けて女の頸を入れておいて、いざと云う時に女の足台を取りはずすと云う趣向なのです」「たとえて云うと縄暖簾の先へ提灯玉を釣したような景色と思えば間違はあるまい」「提灯玉と云う玉は見た事がないから何とも申されませんが、もしあるとすればその辺のところかと思います。――それでこれから力学的に第一の場合は到底成立すべきものでないと云う事を証拠立てて御覧に入れます」「面白いな」と迷亭が云うと「うん面白い」と主人も一致する。

「まず女が同距離に釣られると仮定します。また一番地面に近い二人の女の首と首を繋いでいる縄はホリゾンタルと仮定します。そこで$\alpha_1 \alpha_2$……$\alpha_6$を縄が地平線と形づくる角度とし、$T_1 T_2$……$T_6$を縄の各部が受ける力と見做し、$T_7=X$は縄のもっとも低い部分の受ける力とします。Wは勿論女の体重と御承知下さい。どうです御分りになりましたか」

迷亭と主人は顔を見合せて「大抵分った」と云う。但しこの大抵と云う度合は両人が勝手に作ったのだから他人の場合には応用が出来ないかも知れない。「さて多角形に関する御存じの平均性理論によりますと、下のごとく十二の方程式が立ちます。$T_1\cos\alpha_1=T_2\cos\alpha_2$……(1) $T_2\cos\alpha_2=T_3\cos\alpha_3$……(2)……」「方程式はそのくらいで沢山だろう」と主人は乱暴な事を云う。「実はこの式が演説の首脳なんですが」と寒月君ははなはだ残り惜し気に見える。「それじゃ首脳だけは逐(お)って伺う事にしようじゃないか」と迷亭も少々恐縮の体に見受けられる。「この式を略してしまうとせっかくの力学的研究がまるで駄目になるのですが……」「何そんな遠慮はいらんから、ずんずん略すさ……」と主人は平気で云う。「それでは仰せに従って、無理ですが略しましょう」「それがよかろう」と迷亭が妙なところで手をぱちぱちと叩く。

「それから英国へ移って論じますと、ベオウルフの中に絞首架（こうしゅか）即ちガルガと申す字が見えますから絞罪の刑はこの時代から行われたものに違ないと思われます。ブラクストーンの説によるともし絞罪に処せられる罪人が、万一縄の具合で死に切れぬ時は再度同様の刑罰を受くべきものだとしてありますが、妙な事にはピヤース・プローマンの中には仮令（たとい）兇漢でも二度絞める法はないと云う句があるのです。まあどっちが本当か知りませんが、悪くすると一度で死ねない事が往々実例にあるので。千七百八十六年に有名なフヒツ・ゼラルドと云う悪漢を絞めた事がありました。ところが妙なはずみで一度目には台から飛び降りるときに縄が切れてしまったのです。またやり直すと今度は縄が長過ぎて足が地面へ着いたのでやはり死ねなかったのです。とうとう三返目に見物人が手伝って往生さしたと云う話しです」

「やれやれ」と迷亭はこんなところへくると急に元

気が出る。「本当に死に損いだな」と主人まで浮かれ出す。「まだ面白い事がありますす首を縊ると背が一寸ばかり延びるそうです。これはたしかに医者が計って見たのだから間違はありません」「それは新工夫だね、どうだい苦沙弥などはちと釣って貰っちゃあ、一寸延びたら人間並になるかも知れないぜ」と迷亭が主人の方を向くと、主人は案外真面目で「寒月君、一寸くらい背が延びて生き返る事があるだろうか」と聞く。「それは駄目に極っています。釣られて脊髄が延びるからなんで、早く云うと背が延びると云うより壊れるんですからね」

「それじゃ、まあ止めよう」と主人は断念する。

演説の続きは、まだなかなか長くあって寒月君は首縊りの生理作用にまで論及するはずでいたが、迷亭が無暗に風来坊のような珍語を挟むのと、主人が時々遠慮なく欠伸をするので、ついに中途でやめて帰ってしまった。その晩は寒月君がいかなる態度で、いかなる雄弁を振ったか遠方で起った出来事の事だから吾輩には知れよう訳がない。

　二三日は事もなく過ぎたが、或る日の午後二時頃また迷亭先生は例のごとく空々として偶然童子のごとく舞い込んで来た。座に着くと、いきなり「君、越智東風の高輪（たかなわ）事件を聞いたかい」と旅順陥落の号外を知らせに来たほどの勢を示す。「知らん、近頃は合わんから」と主人は平生の通り陰気である。「きょうはその東風子（し）の失策物語を御報道に及ぼうと思って忙しいところをわざわざ来たんだよ」「またそんな仰山な事を云う、君は全体不埒な男だ」「ハハハハハ不埒と云わんよりむしろ無埒の方だろう。それだけはちょっと区別しておいて貰わんと名誉に関係するからな」「おんなし事だ」と主人は嘯いている。純然たる天然居士の再来だ。「この前の日曜に東風子が高輪泉岳寺に行ったんだそうだ。この寒いのによせばいいのに——第一今時泉岳寺などへ参るのはさも東京を知らない、田舎者のようじゃないか」

「それは東風の勝手さ。君がそれを留める権利はない」「なるほど権利は正にない。権利はどうでもいいが、あの寺内に義士遺物保存会と云う見世物があるだろう。君知ってるか」「うんにゃ」「知らない？　だって泉岳寺へ行った事はあるだろう」「いいや」「ない？　こりゃ驚ろいた。道理で大変東風を弁護すると思った。江戸っ子が泉岳寺を知らないのは情けない」「知らなくても教師は務まるからな」と主人はいよいよ天然居士になる。「そりゃ好いが、その展覧場へ東風が這入って見物していると、そこへ独逸（ドイツ）人が夫婦連（づれ）で来たんだって。それが最初は日本語で東風に何か質問したそうだ。ところが先生例の通り独逸語が使って見たくてたまらん男だろう。そら二口三口べらべらやって見たとさ。すると存外うまく出来たんだ——あとで考えるとそれが災いの本さね」

「それからどうした」と主人はついに釣り込まれる。「独逸人が大鷹源吾（おおたかげんご）の蒔絵の印籠を見て、これを買いたいが売ってくれるだろうかと聞くんだそうだ。その時東風の返事が面白いじゃないか、日本人は清廉の君子ばかりだから到底駄目だと云ったんだとさ。その辺は大分景気がよかったが、それから独逸人の方では恰好な通弁を得たつもりでしきりに聞くそうだ」「何を？」「それがさ、何だか分るくらいなら心配はないんだが、早口で無暗に問い掛けるものだから少しも要領を得ないのさ。たまに分るかと思うと鳶口や掛矢の事を聞かれる。西洋の鳶口や掛矢は先生何と翻訳して善いのか習った事が無いんだから弱わらあね」「もっともだ」と主人は教師の身の上に引き較べて同情を表する。「ところへ閑人が物珍しそうにぽつぽつ集ってくる。仕舞には東風と独逸人を四方から取り巻いて見物する。東風は顔を赤くしてへどもどする。初めの勢に引き易えて先生大弱りの体さ」「結局どうなったんだい」「仕舞に東風が我慢出来なくなったと見えてさいならと日本語で云ってぐんぐん帰って来たそうだ、さいならは少し変だ君の国ではさよならをさいならと云うかって聞いて見たら何やっぱりさよならですが相手が西洋人だから調和を計るために、さいならにしたんだって、東風子は苦しい時でも調和を忘れない男だと感心した」「さいならはいいが西洋人はどうした」「西洋人はあっけに取られて茫然と見ていたそうだハハハハ面白いじゃないか」「別段面白い事もないようだ。それをわざわざ報知（しらせ）に来る君の方がよっぽど面白いぜ」と主人は巻煙草の灰を火桶の中へはたき落す。折柄格子戸のベルが飛び上るほど鳴って「御免なさい」と鋭どい女の声がする。迷亭と主人は思わず顔を見合わせて沈黙する。

主人のうちへ女客は稀有だなと見ていると、かの鋭どい声の所有主は縮緬の二枚重ねを畳へ擦り付けながら這入って来る。年は四十の上を少し超したくらいだろう。抜け上った生え際から前髪が堤防工事のように高く聳えて、少なくとも顔の長さの二分の一だけ天に向ってせり出している。眼が切り通しの坂くらいな勾配で、直線に釣るし上げられて左右に対立する。直線とは鯨より細いという形容である。鼻だけは無暗に大きい。人の鼻を盗んで来て顔の真中へ据え付けたように見える。三坪ほどの小庭へ招魂社の石灯籠を移した時のごとく、独りで幅を利かしているが、何となく落ちつかない。その鼻はいわゆる鈎鼻で、ひと度は精一杯高くなって見たが、これではあんまりだと中途から謙遜して、先の方へ行くと、初めの勢に似ず垂れかかって、下にある唇を覗き込んでいる。かく著るしい鼻だから、この女が物を言うときは口が物を言うと云わんより、鼻が口をきいているとしか思われない。吾輩はこの偉大なる鼻に敬意を表するため、以来はこの女を称して鼻子（はなこ）鼻子と呼ぶつもりである。鼻子は先ず初対面の挨拶を終って「どうも結構な御住居ですこと」と座敷中を睨（ね）め廻わす。主人は「嘘をつけ」と腹の中で言ったまま、ぷかぷかぷか煙草をふかす。迷亭は天井を見ながら「君、ありゃ雨洩りか、板の木目か、妙な模様が出ているぜ」と暗に主人を促がす。「無論雨の洩りさ」と主人が答えると「結構だなあ」と迷亭がすまして云う。鼻子は社交を知らぬ人達だと腹の中で憤る。しばらくは三人鼎坐（ていざ）のまま無言である。

「ちと伺いたい事があって、参ったんですが」と鼻子は再び話の口を切る。「はあ」と主人が極めて冷淡に受ける。これではならぬと鼻子は、「実は私はつい御近所で――あの向う横丁の角屋敷なんですが」「あの大きな西洋館の倉のあるうちですか、道理であすこには金田と云う標札が出ていますな」と主人はようやく金田の西洋館と、金田の倉を認識したようだが金田夫人に対する尊敬の度合は前と同様である。「実は宿が出まして、御話を伺うんですが会社の方が大変忙がしいもんですから」と今度は少し利いたろうという眼付をする。主人は一向動じない。鼻子の先刻からの言葉遣いが初対面の女としてはあまり存在（ぞんざい）過ぎるのですでに不平なのである。「会社でも一つじゃ無いんです、二つも三つも兼ねているんです。それにどの会社でも重役なんで――多分御存知でしょうが」これでも恐れ入らぬかと云う顔付をする。元来この主人は博士とか大学教授とかいうと非常に恐縮する男であるが、妙な事には実業家に対する尊敬の度は極めて低い。実業家よりも中学校の先生の方がえらいと信じている。よし信じておらんでも、融通の利かぬ性質として、到底実業家、金満家の恩顧を蒙る事は覚束ないと諦めている。いくら先方が勢力家でも、財産家でも、自分が世話になる見込のないと思い切った人の利害には極めて無頓着である。それだから学者社会を除いて他の方面の事には極めて迂闊で、ことに実業界などでは、どこに、だれが何をしているか一向知らん。知っても尊敬畏服の念は毫も起らんのである。鼻子の方では天が下の一隅にこんな変人がやはり日光に照らされて生活していようとは夢にも知らない。今まで世の中の人間にも大分接して見たが、金田の妻ですと名乗って、急に取扱いの変らない場合はない、どこの会へ出ても、どんな身分の高い人の前でも立派に金田夫人で通して行かれる、いわんやこんな燻り返った老書生においてをやで、私の家は向う横丁の角屋敷ですと

さえ云えば職業などは聞かぬ先から驚くだろうと
予期していたのである。

## 底本と表記について

本書は、青空文庫の「吾輩は猫である」を底本とした。表記については、現代仮名遣いを基調としている。ルビについては、小型活字を避けるという、本書の性格上、できるだけ省略し、必要に応じて、（）に入れる形で表示した。

# シルバー文庫発刊の辞

21世紀になって、科学はさらに発展を遂げた。日本も、多くのノーベル賞受賞者を輩出していることに見られるように、20世紀来、この発展に大きく寄与してきた。科学の継承発展のために、理系教育に重点が置かれつつある趨勢も、この状況に因るものである。

一方で、文学は停滞しているように思われる。

日本のノーベル文学賞受賞者は、川端康成と大江健三郎の二人の小説家のみであり、詩歌人にいたっては皆無である。しかし、短く設定しても千五百年に及ぶ、日本の文学の歴史は豊饒であり、明治文学だけでも、夏目漱石・森鷗外・与謝野晶子・石川啄木と、個性と普遍性を兼ね備えた、作家・詩歌人は枚挙にいとまがない。

ぺんで舎は、科学と同じように、文学もまた継承発展すべきものと考える。先に挙げた文学者たちの作品をはじめ、今後も読まれるべき文学、あるいはこれから読まれるべき文学を、新しい形で、世に送っていく。その第一弾として、大活字・軽量で親しみやすく、かつ上質な文学シリーズである、シルバー文庫をここに発刊する。

もし現代文学が、停滞どころか巷間囁かれているように衰退しているなら、ぺんで舎が志向するのは、「文学の復権」に他ならない。

ぺんで舎　佐々木龍

ぺんで舎
Silver
シルバー文庫

シルバー文庫　な1-3
大活字本　吾輩は猫である　1

2021年12月25日　初版第1刷発行

著　者　夏目 漱石
発行者　佐々木 龍
発行所　ぺんで舎

〒750-0078 山口県下関市彦島杉田町1-7-13
TEL/FAX 083-237-9171

印　刷　株式会社吉村印刷
装　幀　Shiealdion

落丁・乱丁本は小社宛へお送りください。送料は小社負担にてお取替え致します。

価格はカバーに表示してあります。

Printed in Japan

ISBN978-4-9911711-5-4　C0193